iHuman
新民说

成为更好的人

成为农夫
我和两只羊的奇妙生活

Farewell, My Subaru
An Epic Adventure in Local Living

【美】道格·范恩（Doug Fine）——著

吴美真——译

广西师范大学出版社

·桂林·

CHENGWEI NONGFU: WO HE LIANGZHI YANG DE QIMIAO SHENGHUO
成为农夫：我和两只羊的奇妙生活

This translation published by arrangement with Villard Books, an imprint of Random House, a division of Random House LLC
著作权合同登记号桂图登字：20-2015-120 号

图书在版编目（CIP）数据

成为农夫：我和两只羊的奇妙生活 /（美）道格·范恩著；吴美真译. —桂林：广西师范大学出版社，2017.5
书名原文：Farewell, My Subaru: An Epic Adventure in Local Living
ISBN 978-7-5495-9562-4

Ⅰ. ①成… Ⅱ. ①道…②吴… Ⅲ. ①纪实文学－作品集－美国－现代 Ⅳ. ①I712.55

中国版本图书馆 CIP 数据核字（2017）第 037597 号

广西师范大学出版社出版发行

（广西桂林市中华路 22 号　邮政编码：541001）
　网址：http://www.bbtpress.com
出版人：张艺兵
全国新华书店经销
广西民族印刷包装集团有限公司印刷
（南宁市高新区高新三路 1 号　邮政编码：530007）
开本：880 mm×1 240 mm　1/32
印张：7.75　　　字数：135 千字
2017 年 5 月第 1 版　2017 年 5 月第 1 次印刷
印数：0 001~6 000 册　定价：40.00 元

如发现印装质量问题，影响阅读，请与印刷厂联系调换。

范恩的怪峰农场。之所以叫这个名字,是因为它的东边有一座形状古怪的石灰岩孤峰,两只热恋中的大角猫头鹰在那儿筑巢

范恩的两只羊——潘恩姐妹,是怪峰农场生活的中心

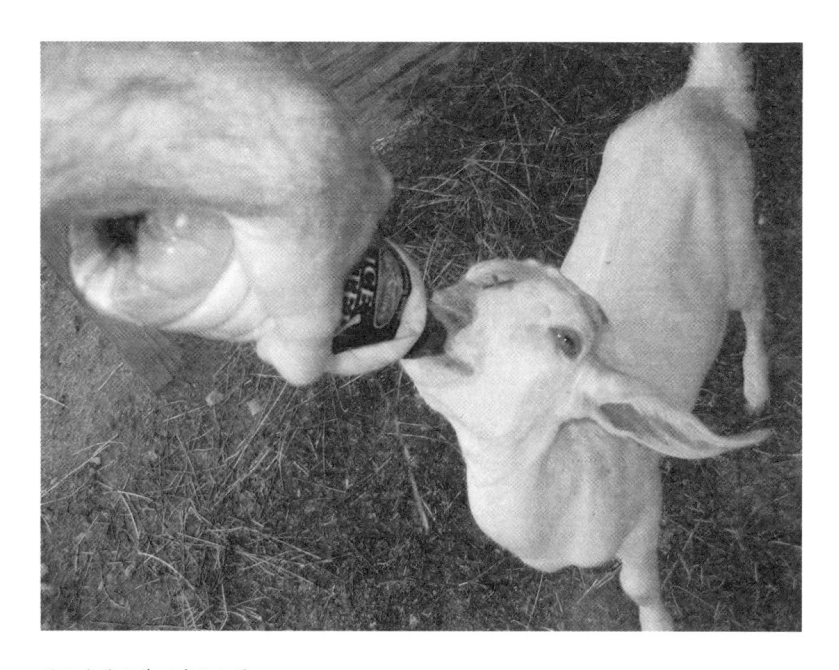

范恩亲手喂养可爱的小羊

范恩非常倚赖一句话:"除了维生素C和一些微量元素,两只乳羊可以供应一个人所需的所有营养素。"

范恩搬到农场后，碰上了新墨西哥州有史以来最严重的八月水灾，现在这地方看起来比较像海洋，而不像奇瓦瓦沙漠

做了简单的引擎改装后,范恩的柴油卡车可以用当地墨西哥卷饼店的油炸废油来启动

范恩在怪峰农场水井上方9米高的钢铁风车塔上,安装太阳能三合板。它们将为以太阳能为动力、十分昂贵的新抽水机提供电力

一个月前，范恩才从莱西的妹妹那儿取来这些鸡，很快冰箱里就塞满了五打本地生产的有机鸡蛋

范恩不断种下新作物,让菜园长满杂草。七月底,当他们开始整顿菜园,发现了被讨厌的"杂草"遮盖和保护的胡萝卜

怪峰农场的收获。每天,范恩都有新的机会做出选择,去追求健康、独立的生活,他将坚持下去

献给

莎莉·马奎尔（Sally McGuire）

在 21 世纪初的

一个命中注定的星期，

她请我帮她看家，

因而让我发现山羊的迷人之处。

3分钟之内，

98%的已存在或将会存在的物质就被创造出来。

我们的宇宙诞生了。

这个宇宙充满了最奇妙、最令人满足的潜能，

也是一个十分美丽的地方，

而这一切都是在做一份三明治所需的时间之内创造出来的。

——比尔·布莱森（Bill Bryson）
《万物简史》（*A Short History of Nearly Everything*）作者

如果做一件事的过程困难重重，那就不值得去做。

——荷马·J. 辛普森（Homer J. Simpson）

〉〉 目 录

译 序　　　　　　　　　　　　　　001

第一部：干 旱　　　　　　　　　005
01　刹车器带来的觉醒　　　　　　007
02　一个像无酵饼的地方　　　　　016
03　最后一次光顾沃尔玛　　　　　028

第二部：淹 水　　　　　　　　039
04　数字时代如何购买家畜　　　　041

05 一觉醒来，城郊居民变成了全职的山羊兽医　　058

第三部：改　装　　081
06 追求"碳中和"的爱国者　　083
07 大得离谱的美国卡车　　090
08 宫保鸡丁烟幕　　104
09 对地球有益的糖尿病　　114

第四部：太阳能化　　123
10 风车惊魂记　　125
11 现代弄蛇术　　137
12 有毒的骚动　　145

第五部：成　长　　165
13 怪峰农场的现场视察　　167
14 怪峰农场开了一间鸡肉自助餐店　　173
15 菜鸟枪手　　187

| 16 | 小鸡有理由担心 | 194 |
| 17 | 丰 收 | 205 |

后 记：打造一个永续的未来　　218
参考资料　　238

译 序

吴美真

在《圣经·创世纪》的开头，上帝创造天地后，以泥土造人，并将他安置在伊甸园里，使他"修理，看守"(《圣经》2章15节)。换句话说，从一开始，照顾和管理地球就是人类的天命，在享受地球美好、丰盛的供给之余，人类必须承担一项神圣使命：维护地球的秩序和健康。

但是，显然人类并没有扮演好这种"地球管理者"的角色。我们的河川受到污染，山被滥垦和不当地开发，土壤残留着农药，空气弥漫着有毒的废气、烟雾和悬浮粒子。然后，更大、更加令人无法忽视的警铃响起了：臭氧层出现破洞，南、北极冰层大量消融，导致海平面上升，使得世界各地的沿海大都市有没入水中之虞。在"地球之肺"亚马逊雨林，每5秒钟就有一块相当于足球场大小面积的绿地消失。

而气候异常更是导致了令人措手不及的严重干旱和狂暴的洪灾、冰雹、飓风。此外,你看过电影《后天》(*The Day After Tomorrow*)吗?据说温室效应将使地球再一次进入冰河时期。

道格·范恩的绿色生活实验包含个人动机,例如他相信自己栽种或当地出产的番茄和其他蔬果除了有助于降低"碳里数",也比较新鲜、健康和美味,而自己饲养的乳羊则让他可以享受不含生长激素的冰激凌——他生命中不可或缺之物。

但是,道格·范恩投入这项实验的最大动机,还是因为他清楚意识到,在这个环境警铃大作的世界,他必须努力扮演好"地球管理者"的角色。为此,他义无反顾地迎向各种困难和挑战。他养鸡,却突然必须面对鸡蛋生产过剩的问题,然后又必须持枪对付偷袭鸡群的郊狼。他开辟菜园,费力地组装以色列发明的滴灌系统,眼见就要享受收成,却接二连三地遭遇冰雹。为了取得餐厅废油作为他那辆改装车的生物燃料,他必须巴结餐厅老板,强迫自己吃他们的油腻食物,甚至认为自己得先和他们的侄女订婚,才能觊觎餐厅的废油。他在强风中爬上风车架装设太阳能板,差点儿让自己丧命。而在他第一次享用太阳能供水的下午,他遇到了一条"和智利一样大"、噩梦般的响尾蛇。

尽管有人认为,使用太阳能板带来的环保功效,无法抵消制造太阳能板的过程中所造成的污染和消耗的能源;尽管有人认为开发生物燃料将造成粮食短缺,并提高粮食价格;尽管这个世界很难终止全球化的经济形态,回归到自给自足、以物易物的原始生活方式,但是,人类总能在跌跌撞撞的过程中,摸索出一条生存和成功之道,而道格·范恩以他那令人动容的冒险精神和坚持,以及令人捧腹的幽默,成功地提高我们对于环境危机的意识,并邀请我们加入维护地球的行列。

环保问题攸关地球的未来和人类的生存及福祉,中国自然不能置身事外,尤其我们必须考虑到,中国的碳排量在世界"名列前茅"(虽然人均碳排量并不高)。当然中国必须继续努力摆脱贫穷,继续追求富强,但这不意味着中国应该继续让工厂在空中吐出黑烟,或者将有毒废水排入河流,或者继续让愈来愈多象征财富的汽车不断排出废气,加重温室效应。除了从地球公民的良心角度来思考环保问题,在中国,或许我们也必须从历史和文化的角度,来思考人和大自然的关系。当我们面对一条河流或溪流,是否可以暂且不去缅怀项羽曾在那儿自刎,或者西施曾在那儿洗手帕?是否可以先去体会或想象一条清澈的河流所带来的喜悦和生机?当我们面对一座山,是否可以暂时不去追思黄帝曾在那儿炼丹,或者关羽曾在那儿插下"关"字大旗?是否可以先去呼吸那令人精神为之一振的新鲜氧气和芬多精?当我们置身蒙古大草原,是否可以暂时抛下"天苍苍,野茫茫,风吹草低见牛羊"的沉重苍茫感?是否可以先去感受辽阔的蓝天和草原所带来的光明和振奋感?我的意思是:环保是维护和还原大自然原本的美好面貌,但是在中国,在历史和文化的迷雾中,我们常常看不清造物者原先所创造的大自然的盎然生机。而如果我们不认识大自然的原貌,我们如何谈环保?如何有动力追求环保?

在《圣经》里,土地或环境的败坏常常源自人的堕落。当人类始祖吃下禁果,地遭受诅咒,长出荆棘和蒺藜(《圣经》3章17—18节)。当该隐杀了弟弟亚伯,地就不再为他效力(《圣经》4章11节)。但是,我认为当人类带着细心、认真和尊敬的心态去照料土地和环境,人类的灵魂也以某种方式在这个过程中渐渐回归正轨。我记得许久以前曾在电视上听到一位美国名人说,当他开始投身园艺,当他的手一接触泥土,他感觉他的生命改变了。在本书结尾,当道格·范恩在怪峰农场的绿色努力有了初步成果,他感到很快乐,感到自己重新发现了童年的喜悦,而他也挥别以往建立在肉体上的男女关系,找到了带给他精神满足的真爱。

第一部

〉〉 干 旱 〉〉

我想在宇宙制造一个裂痕。

——史蒂夫·乔布斯（Steve Jobs）

01

刹车器带来的觉醒

当看着我那辆斯巴鲁力狮（Subaru Legacy）往后滑向新农场的附属工作室时，我想到一件事：如果车子继续滑下去（我看不出它会停下来），至少我会少用一些汽油。我刚搬到这片位于新墨西哥州的160 000平方米大空地，这地方呈杂乱延伸状，上面的岩块正在剥落。我称它为"怪峰农场"（the Funky Butte Ranch），因为它的东边有一座形状古怪的石灰岩孤峰，两只热恋中的大角猫头鹰（great horned owls）就在那儿筑巢。搬到此地几天了，我确确实实也忘了为我那辆以化石燃料为动力的掀背式老爷车"爱速比"①做最后的刹车动作。

---

① "爱速比"的原文是LOVEsubee，subee是Subaru的简称。

这是一件好事,真的。我的车子即将挂了,此时我心想,这将有助于完成明年预设的4个目标之一,而这4个目标就是:

1. 大幅度降低石油用量;
2. 以再生能源作为生活的动力;
3. 尽量食用当地生产的食物;
4. 别饿死,别遭雷劈,别被本地的美洲狮吃了,别被那些天不怕、地不怕的邻居射杀,否则如果讣闻作者对此进行调查,我会死得很难堪。

在西南部沙漠,顿悟不是一件细致的事——在这个荒凉、壮观的生态系统里,几乎没有一件事是细致的。为了舍弃化石燃料,过上使用当地产品的生活,我搬到离出生地数千公里的地方。三天后,**我的车子真的离我而去了**。在一个连坐下来屁股都可能被刺伤的地方,你就是这样学到教训的。我猜想,我将从一种令人目瞪口呆且似乎无法挽回的挫败中,淬炼出成功之道,就像前副总统戈尔那样。

我不必真的以这种方式来领悟这件事。现在绝对是我个人投入绿色冒险之旅的正确时机——如果不考虑我本人完全没有水电、建筑、机械、园艺或饲养动物的技能的话。我是吃纽约郊区的达美乐比萨长大的,在36岁这一年,我想看看一个喜欢舒适的正常人,是否可以在减少使用石油的情况下,继续过着舒适的生活。具体地说,这意味着吃自己饲养的动物和自己种植的农作物,想出使用无铅汽油以外的方式去任何地方,并将银行存款通通拿去投资太阳能。

自15年前开始记者生涯以来,我曾在五个洲的极端环境中生活工作过,但是经历了在阿拉斯加冷得瑟瑟发抖,在塔吉克斯坦躲闪子弹后,我重新确证了一件我已经知道的事:我喜欢Netflix[①]、无线电子邮件,以及隆隆作响的超低音喇叭。事实上,我不希望生活里缺少这些东西,我只是希望以太阳能作为它们的动力。如果我那震耳欲聋的音乐可以太阳能化,而且仍然能够让我那些天不怕、地不怕的邻居抱怨,砰砰作响的低音旋律打断了他们有关希拉里·克林顿的噩梦,那么

---

① DVD线上租片公司。

我会认为这个实验成功了。如果我有可靠的互联网，又可以把电影下载下来，带入我的绿色世界，那么我将感觉棒极了，差不多可用一个词来形容：Eureka①！当我吃着自己饲养、栽种或者至少从当地买来的食物时，我尤其有这种感觉。

◆ 你得花三四年自己生产家用电力，才能抵消制造你的太阳能板所消耗的能源。

因为我的看法是：撇开全球气候变化、污染、世界大战和人权不谈，石油时代也曾经风光一时，大受追捧。举例来说，化石燃料将美国从农业国家变成科技大国。总体而言，我欢迎这种转变。我知道我非常喜欢笔记本电脑，在历史上，还有什么时候，我可以在 3 次鼠标点击声内，听到西非马利人（Malian）的鼓声，看到披头士的花絮片段？（有些 DJ②将这两者混合在一起。）还有，在什么时代，我可以当这样的 DJ 呢？如果你有幸住在西方，而且没有加入军队，这个时代确实是有史以来最棒的时代。简而言之，我想证明在数字时代，

---

① Eureka，意为我找到了。这是阿基米德在浴缸里突然灵光一现，发现问题解答方法时所叫出的单词。
② 全写为 Disc Jockey，电台、电视台、俱乐部唱片节目主持人。

绿色的生活方式是可行的，而我已经跃跃欲试了。

巧合的是，社会似乎也已准备就绪，或者至少不认为这种实验具有彻底颠覆性，或者根本不可行。到了2005年我搬到新墨西哥州时，就连一个虽是美国总统但说起话来没条理的家伙，也尝试在国情咨文演说中谈到"生物燃料"。世界最大的公司花旗集团于2007年宣布，将投资500亿美元于绿色计划。许多公司正在销售各样的绿色产品——从"永续性"的睫毛膏，到绿色越野车。接下来会有什么？环保弹药？喷雾式有机蟑螂药？当今之际，没有一样东西会令我感到意外。

最近一次饥荒中，赞比亚政府官员拒绝使用转基因生物种子（genetically modified organism seeds），而俄罗斯间谍继续就他们老板的天然气政策相互残杀，这一切都让我觉得许多重要人士已经看到，以化石燃料为动力的文明，也就是让我们发展到这个地步的文明，有了大麻烦。也许它的生命周期只剩50年，或100年。基于个人理由以及我那"对环境敏感但要求舒适"的动机，我必须学习适应。除此之外，我也将适应能力视为一件攸关生存的大事。

我不知道目前的"绿色狂热"是否只是另一种流行，是否只是油价略微下跌之前的一种时尚。但是，如果油价回不到2.29美元，也回不到3.29美元呢？起先，我的绿色生活只是一种可爱的冲动，但是不久，它就变成一种更加个人化的生命历程了。

不管需不需要这个教训，我的爱速比已经在加速了。我记得在我发现刹车问题的那一刻，也许那是在 3/4 秒前，当时我来到车子和屋子之间，从眼角隐约看到有东西在移动。我每星期会去 37 公里以外的银市（Silver City）进行一次大规模物品补给，而此时，我才刚刚自那儿回来，手里还拿着从店里买回的 5 颗有机西红柿。这些西红柿是在加州的蔬菜培植箱里长成的，随后又被运到银市那间供应新鲜蔬菜的合作社。加州离这儿有 1300 公里开外，因此在这运输途中，大约要消耗 750 升的化石燃料。

七月的一个下午，某一瞬间，生活如一首田园牧歌，悠闲平和。两只绿色的棕煌蜂鸟（Rufous hummingbird）不理会联邦航空局（FAA）的规定——它们只能飞到我头部周围的什么高度——在我头顶肆意飞动。我感觉虽是农场主，但对于它们以及农场的一切生物而言，我只是一个陌路客。我打算在这儿住上一阵子，而且处处有证据表明了这一点。例如，我已经买了一张床，那可不是从二手商店买来的，那是一张上千美元的昂贵好床。我在家具展示间仔仔细细对它做了一番测试，店员差一点就要为此对我下逐客令。我花了1 000美金，所以我以为这张床垫应该经得起任何严格的考验。

怪峰农场是我拥有的第一处地产，因此，我有点像处在房地产交割后的蜜月期，幸福感、资金过度外流和各种计划搞得我晕头转向。事实上，我不明白为什么产权公司称这种噩梦为"交割"，因为这种事应该是一种"开始"。

一种新计划、新的热爱之情、新的整体世界观开启了。我发现自己在财务上变得更为保守，因为有生以来第一次，我必须缴纳财产税。突然之间，我意识到，精简的管理方式似乎才是可行之道。

当我独自一人待在新家，思绪漫飞。一个健康的家伙只有有时间思考时（当然思考不只局限于床垫测试的那一切），他的思绪才会像这样四处漫游。经过了一段漫长却无法获得精神满足的关系之后，我刚刚恢复了单身，而我的身体仍然处于调试阶段。事实上，在我住在怪峰农场的最初几天，我不断审查我的脑垂体和大脑之间的这类对话：

脑垂体：我们何不暂时丢下修理羊栏的工作，去看看咱们的旧爱是否想要暂时丢下手边的工作？

大脑：以前的旧爱已经走出我们的生活了，她可是住在

400公里以外的一处豪宅里。

脑垂体：很好，我相信你能找到别人来取代她的。

大脑：听着，如果我们无法确保羊栏不受掠食者的侵袭，我们就无法把羊带回家，并展开这项使用当地产品的生活计划。你没有看到美洲狮在溪底那具鹿尸上留下的齿痕吗？除了性，生活中还有别的东西。

脑垂体：你真的这么想？那么当你修理牛栏时，试着想想别的事吧。

大脑：是羊栏。

脑垂体：随便啦。

但是，没时间做白日梦了。我转头一看，就在那儿，我那部不时充当临时睡卧处的使用了12年老爷车正在迅速倒滑，而且我应该在此声明，它并非靠着化石燃料移动。它滑过我的眼睛虹膜，滑下山丘，滑向那栋我打算用来作为写作室和舞蹈室的漂亮石材建筑物。这一切都发生得太快了，我还来不及说"回来，爱速比！"一棵生机盎然的百岁橡树，就像足球场上开球后，对方带球长跑进攻的最后一名防守员，将车子彻底撞离轨道。车子奇迹般地停靠在一棵3米高的丝兰（yucca）旁，这种树长满了茅般的树枝，足以供中古时期的人进行一场肉搏战。

当我像傻瓜那样,朝着"爱速比"挥动我那些外地生产的西红柿藤蔓时,我明白了一件事:务必做好刹车动作!"再会了,你那非永续性的生活!再会了,运送你食物的石油,以及烧热水的煤!再会了,建立在肉体上的亲密关系!再会了,一切!"

我是在美国东岸长大的,因此,我以一种健康的怀疑眼光,来看待一切令人啧啧称奇的事物(新墨西哥州或许是令人啧啧称奇的宗教导师、饮食、左右派阴谋和外星人目击事件的集中地)。然而,当我将车子停在我的新农场,我总是听到这个世界在大声疾呼:"少用点石油,多用点心。"

02

一个像无酵饼的地方

我的朋友莱西（Lacy）爱嚼烟草、绑马尾，是一个有新时代思想倾向的新墨西哥州终身居民。他立即带了一套吊具过来，那东西是利用极限杠杆原理的链子和绞车。每当我把事情搞砸，他总是这样做。和重力搏斗了一小时后，我们终于把爱速比拉了上来。

"你究竟打算在这儿做什么？"他边干活边大叫说。

"我想让别人看看，即使大幅度减少化石燃料的使用，一个正常的美国人，还是可以活得像一个正常的美国人。"我在爱速比的车窗往外大声说。

"你可不可以再说一遍？"莱西在一团化石燃料的烟雾中问道，"引擎在转，我听不清你在说些什么。"

那是七月末,此地正经历上一个冰河时期以来,最漫长的一次干旱;因此,当爱速比招摇地带着橡树的触须花圈和丝兰可畏的矛刺,吭哧吭哧地回到怪峰下的泥地停车场时,我们的干旱期只过了四分之三。爱速比看起来活像一头剑龙。

和当地植物格斗后,我自己看起来也有点儿像爬虫,不过这场让我神经紧绷的混战也换来了一些东西。我立即看出,这次刹车事件为我清理出一块可以作为香草园的完美之地。这块地有橡树提供树荫,十分接近主屋,而一辆跑了328 000多公里的日式全轮驱动车已经帮它翻了土。

几天后,我在地上撒下一些韭葱、香菜、罗勒①、莴苣和瑞士甜菜(rainbow chard)的种子,而且我认定,我的斯巴鲁"溜走"未尝不是一件好事。我已经开始过上使用本地产品的生活了,这是降低用油量的一个关键但未受重视的部分。那些蔬菜种子开始发芽时,我心里就清楚:我在怪峰农场不可能搞出一个比这更好的开始。

在我得知飞机得用多少喷气发动机燃料(jet fuel),才能

---

① 罗勒,药食两用芳香植物,味似茴香,全株小巧,叶色翠绿。——编者

将一根有机香蕉从洪都拉斯运送到新墨西哥州之前,我就迷上食用本地食物。那时,我还没有去想来自加州那些用"商业方式"大规模种植出的鳄梨①,需要消耗多少石油运来的肥料,或两地的农场工人拿到(或没有拿到)多少工资。

我喜欢新鲜的本地食物,因为这种食物比工厂生产的加工食物美味。这是我味蕾的一个怪癖,我天生就有一个任性、不服管教的信念:食物就应该美味可口。小时候,别人都说我"饮食习惯不好",因为我可以在餐桌旁等到全家人用完餐,还和他们僵持不下,坚持不去碰那块被说成牛排的"炭砖"。事实上,从以前到现在,我一直懂得享用真正的食物。所幸的是,我有蜂鸟的代谢系统,以及猎豹的健身法。

从外地运来的食物不只味道怪,外观也常常不对劲。我清楚记得,9岁时的一个下午,我在纽约长岛的一间超市捏一颗像棒球的西红柿。那颗西红柿完全没变形,我试着把它摔在地上,试着将它扔向一辆经过的购物车,甚至试着跳起来踩它。在妈妈赏我一记耳光之前,我只能在那东西的中线附近制造一个小小的裂痕。此后,我就养成了仔细读食物标签的习惯。

---

① 鳄梨,即牛油果。——编者

◆ 西红柿平均从田里旅行 2 400 公里，才能到达你的餐桌。

诱人的西红柿罗勒点心

1 大块山羊奶酪或新鲜的莫泽雷勒干酪，切成薄片

2 颗自家栽种、在藤上成熟的有机西红柿，切片

6 片自家栽种的罗勒叶

6 片芝麻研磨粉做成的薄脆饼干

1 撮盐

由下而上将奶酪、西红柿和罗勒放在饼干上，在顶端撒上些许盐。用立体声音响播放法兰克·辛纳屈（Frank Sinatra）或比尔·伊凡斯（Bill Evans）的三重唱。如果是和一位浪漫的伴侣一起享用美食，务必在享用前做好妥善的避孕措施。

自我开始种植西红柿以来，我明白不管我做了什么，不管是让西红柿在巨大的南面窗旁任由太阳烘烤，还是在旅行期间长期不浇水，我自自家藤株上摘下的西红柿，总是鲜美多汁，令人垂涎。如果一颗西红柿硬得像石头，那必定是经

过基因改造，而栽种者的意图正是：让这种西红柿具有诱人的橙红色，且可久存，如此一来，从遥远的温室运送到其他地方的途中，西红柿就不会受损。而这一切都和孟山都公司[①]的股价有关。

我认为这一切其实都应和口味、营养有关——口味最重要，其次是营养。但如果我完全摆出一副反对石油时代的姿态，也未免太虚伪了。搬到新墨西哥州之前，我的绿色生活尝试根本谈不上纯粹。居住在阿拉斯加的那段时间，我曾捕获能做一年食物的鲑鱼，且将之装罐，为此，我感到自豪。但是，那时我是靠着一台讨厌的、闹哄哄的二冲程发动机来捕鱼的。我可以看到汽油和机油渗到外面有鲑鱼游来游去的原始水域。当我来到怪峰农场，我开始致力探索是否可以以最低程度的虚伪，过着使用当地产品的绿色生活，即便加油站和沃尔玛都搬走了。

◆ 每一年，光是因为食物上的选择，美国人平均排到大气中的二氧化碳，就增加了大约 3.6 吨。

---

① 孟山都公司（Monsanto Company），美国农业种子公司的巨头。该公司目前也是转基因种子的领先生产商。此为译者注，本书注释未有特殊说明的，皆为译者注。

但我也明白，即使这样想，我也无法完全停止使用石油和中国制造的商品，至少在我投入这项计划的前一两年如此。这些东西已经深入我的生活了，我要拿什么来烤百吉饼？而且抱歉，即使在最偏远的地方当记者的那几年，我仍然十分依赖卫生纸，几乎每一天，我都必须使用这东西。还有，噢，冰激凌尤其不可或缺。不管社会发生了什么变故，我非吃冰激凌不可，这就是我饲养那些不听话的山羊的秘密理由，也是最重要的理由。

虽然如此，我仍然认为，我可以在第一年的努力中，获得一些动力。这些动力将足以让我判定这项计划是否可行，以及我是否能够坚定不移地迈向独立、使用当地产品、降低用油量的生活，或许也会注定落得像一些人那样，相信当前麦当劳式的全球化经济将永远屹立不倒（我家人和朋友大都如此认为）。大多数喜欢西方文化及其提供的舒适品的人，都坚持这个信念。不同于先前的社会，我们会想出一个方法，让我们可以继续看超级碗①，继续喝浓缩咖啡，继续使用全球卫

---

① 超级碗（Super Bowl），美国国家美式足球联盟（也称为国家橄榄球联盟）的年度冠军赛，胜者被称为"世界冠军"。

星定位系统来开车，不管冰帽、几位圣战主义者、石油工程师，以及危险地区的一些讨厌的微生物传达了什么讯息。这是"不去思考死亡问题"的社会版本。

我也不喜欢思考死亡问题，但是，如果我在投入这项实验时，曾经停下来检视我的整体求生能力，我得承认我简直就是在找死。虽然我缺乏任何一套让昔日拓荒者得以在此地勉强维生的技能，但我仍然选择在新墨西哥州进行实验，这是因为我喜爱厚重的文化和辽阔的荒野，也因为我认为这地方可能拥有地球上最好的太阳能。

◆ 事实上，极端炎热的天气会降低太阳能板的效率，气温每增加1摄氏度，你得到的电力就少了0.5%。

当然，若要进入我那间84平方米的30年复合式土砖房屋所在的峡谷，我就得开车渡过1.6公里外、位于我和最近的铺面道路之间的米布雷斯河（the Mimbres River），以及位于我的土地上的史帝卓尔溪（Stitzel Creek）。但是见鬼了，当地人说，已经有两年不曾出现过大洪水。的确，这片土地就像犹太人在逾越节所吃的无酵饼①一样,除非出现剧烈的气候变化(包括突然下大雨),否则我就得把我的乳羊关在羊栏里两三年,农场才能自先前被骡群啃食后的状态中恢复过来。

对我而言,这一切都不成问题。我曾是一名四处奔波的记者,而这种工作教导我一件事:埋怨天气没有一点儿好处。我戴上那顶莫名其妙的当地牛仔帽,买下了这座农场,并且开始把"I reckon"(我估计,我认为)和"bought me"(买给我)这类当地用语融入我的词汇里。

当我搬进来,并展开相关的劳力工作时,我想到或许对我的计划而言,地球暖化未尝不是一件好事。就利用太阳能而言,其实新墨西哥州是再好不过的地方。至少有一千年,本地的土砖文化一直使用"被动式热能供应"(passive heat gain),这东西听起来像是一种和更年期有关的精神疾病。今日,不论性别、政治倾向或文化背景为何,当新墨西哥人看到我那辆卡车上的太阳能板,就会当街把我拦下,坚持和我

---

① 无酵饼(matzo),一种历史悠久的面包食品,初次出现于古埃及和苏美尔。无酵饼为犹太人纪念逾越节所吃的食物,后由耶稣基督引进基督教。

聊一聊他们对于瓦数、太阳能板安装位置以及电流转换的看法。这就像芝加哥人了解风或洛杉矶人了解交通一样。

◆ 在西班牙，所有的建筑物都必须按照规定，装设太阳能板。

对于一位雄心勃勃的太阳能利用方面的新手而言，这地方当然拥有充足的阳光。银市是一个迅速走向追求健康食品之路的时髦小城，人口有10 000，比利小子[①]曾在这儿坐过牢。拉乌尔（Raoul）是该市一家玻璃店的老板，我记得他曾告诉我，不要为太阳能热水器的装置位置操心。（我用他店里最好的两片钢化玻璃将热水器围了起来。那些玻璃是用化石燃料运送过来的，而且天知道制造过程造成了怎样的污染，所以我就不必再谈什么"以最低程度的虚伪"过绿色生活。）

"嘿，"他说，声音听起来很像喜剧演员切奇（Cheech），"这儿的阳光从四面八方照射进来，充足得很，夜晚也几乎是阳光普照。"

的确，我察觉到新墨西哥州的空气明显缺乏水分。其实

---

① 比利小子（Billy the Kid），19世纪美国西部的不法之徒和神枪手。

我真正想说的是——根本没有水分。这里的世界比喜剧演员史蒂夫·赖特（Steven Wright）的独白更加干巴巴。对此，我一点也不在意，我喜欢阳光。来到新墨西哥州后，头几天，当我下午出去跑步，我总是以惊叹的语气跟邻居这样打招呼："今天天气很好吧？"

他们会看着我，表情仿佛是说："哼，小子，在这儿，每一天的天气都好得很！"

我有一个邻居，孟多沙先生（Senor Mendosa），我不知道他和第一代的孟多沙先生相隔几代，或者是否有任何关联。在一次跑步中，当我闯入他的农场，我关掉 iPod，问他对于干旱有什么看法。他并没有告诉我，气候变化正在改变他的农作物和果园的一切；他告诉我，气候变化**已经**改变了一切。

"已经有十年没有正常雨季了！"这位银发老人边犁着玉米田，边告诉我："我从小到大从来没有碰过这样的天气，我父亲或祖父也没碰过。"

◆ 过去 50 年，出现在美国媒体报道里的冰雹和强风，已经增加了 10 倍。

根据新闻报道，在——噢——在未来三千年，同样的情况将持续发生。最近一期的《农民历》(Farmer's Almanac)在封面上就大声疾呼:"注意!未来又是狂暴的一年!"(我是否可以说,我需要一本《农民历》,这让我感到自豪?)的确,就在我完成房地产交割,并开启人生新的一页之时,有人谈论着封闭通往镇上的公路,因为附近的吉拉国家森林(Gila National Forest)已一半陷入火海。跑步时,我甚至可以闻到烟味。

遭殃的不只是森林。一位生物学家前来检查一头最近一直活蹦乱跳但现已一命呜呼的鹿。自我搬到怪峰农场之前的几天,这头死鹿就一直为当地郊狼、野猫和秃鹰提供外带快餐。它在离那间差点被爱速比撞上的工作室约50米的地方倒下。那位科学家告诉我,他不确定那头鹿是被美洲狮咬死的,还是渴死的。

◆ 倘使格陵兰的冰原完全融解,海平面将上升约7米,海水将冲走数亿人口,并淹没纽约、伦敦和上海等大都市。

不久，我就要去图森①领取我自克雷格分类广告网买下的山羊，因此，我很高兴那些掠食者可以把注意力放在山羊以外的动物上。坦白说，我也很高兴它们不必再注意我了。这座山谷因为有米布雷斯河流经，而被称为米布雷斯山谷。在发现怪峰农场之前，我曾在深入山谷约6.4公里的地方，租了一间以成捆麦秆盖成的小屋。这间小屋只有一间房间，且布满黄蜂。朋友来访时，会坚持带着收发两用的无线电收音机去那间户外厕所。因我曾被一只美洲狮跟踪过一两次，而附近一带又处处可见它们的足迹，我不知道朋友遭受攻击时，是否想对我传送这样的讯息："报告！报告！狮子趁着我读最新一期的《家庭电力杂志》时，把我吃了。通话完毕！"

但是，这里的重点是——不管人或动、植物，新墨西哥州的一切都很渴。当我搬到怪峰农场，这种情形使得一些生物前来拜访我（如果是我，我会刻意不把它们放在诺亚方舟上）。例如在我待在农场的第二晚，两只蝎子前来"探索"我的马桶，我差点儿一屁股坐在它们身上。

---

① 图森（Tucson），位于美国亚利桑那州南部，是该州第二大城市。

03

最后一次光顾沃尔玛

莱西帮我把爱速比拉出我幻想中的香草园后的那一晚，我和一只刚买来的澳洲小牧牛犬（cattle puppy）莎迪（Sadie），一起在怪峰峰顶欣赏落日。我花了 10 分钟才爬到峰顶，而我简直不敢相信目力所及的一切都"属于"我。

家。

只付 6.1% 的利息。

但仍然是家。我找过一大堆房地产经纪人，而帮我找到这地方的经纪人曾和我谈到"自我的金字塔"。位于这座金字塔最底端的，就是家园。"一旦有了家，"她说，"你差不多可以建造生命中所需的其他一切。"

我花了一会儿去思考这件事。我曾是一名居无定所的记者，从北极游荡到卢旺达，将近二十年的时间，我常常一回来就倒在沙发上睡大觉，因此，这位房地产经纪人的话，在我心灵深处引起了回响。现在，我可以去买两天以上所需的食物。更棒的是，我可以尝试饲养或种植一年所需的食物。如果我的太阳能计划以及在此地经营农场的计划有了成果，也许我真的可以从这儿开始过上一种独立的生活。这计划似乎可行。

◆ 2007年，一架以太阳能为动力的飞机，在新墨西哥州上空连续飞行了54小时。

但我明白，在这之前，我将无可奈何地依赖合作社的蔬菜，以及银市的一间箱形大卖场——超级沃尔玛，其大小相当于一个小型的州。我不喜欢去思考这件事，但爱速比的后门里已塞满了Val-U店的卷纸。在那家店里，排成巨大金字塔状的卷纸，看起来就像活生生、盖满树皮的树——一卷卷都有着相同腰围和高度，且被二噁英[①]漂白过。

---

① 二噁英（Dioxin），又称二氧杂芑，是一种无色无味、毒性严重的脂溶性物质，二噁英实际上是二噁英类（Dioxins）一个简称，它指的并不是一种单一物质，而是结构和性质都很相似的包含众多同类物或异构体的两大类有机化合物。

事实上，那一次进城买那些以石油消耗为代价运来的有机番茄时，我也曾把车开进沃尔玛巨大的停车场，想为我刚买来的羊买一只水桶。那是一个丑陋的事实：我在这儿，想过一种使用当地产品的健康生活，但我的配件清单上的东西来自中国。这种生活方式的对比太强烈了，让我无法忽视。我的爱速比里，有一袋喂食山羊用的有机谷物在那儿大声抗议。我站在一个十字路口想：我是要过独立的绿色生活呢？还是要让创立沃尔玛的沃尔顿（Walton）家族继续去买毕加索的画？在我的尝试中，购买当地产品应扮演着一个重要的角色。我明白这一点。

◆ 与中国的贸易额占美国 8 500 亿美元的贸易赤字的一半多。

但是，在 21 世纪初的美国乡间，你很难不光顾沃尔玛。事实上，每一次进城，我总是会走入瓦利世界①的出入口。那出入口一直开着，里面那些廉价劳动力制造的"蹩脚垃圾"，往往比镇上本地商店所卖的"蹩脚垃圾"便宜多了。我总是

---

① 瓦利世界（Wallyworld），即沃尔玛。

有借口去那儿走一趟。("线上购物同样必须消耗石油！"或者"本地商店不卖捕蝇塑胶条！")新墨西哥州这地方的环保渐进论者十分明白这种困境。

◆ 自上海进口一项产品，须旅行一万多公里，才能到达洛杉矶的一间超市。2006年，世界各地光顾沃尔玛的顾客达72亿人次，而地球总人口是65亿。

"逮到你了！"当我们在卖园艺用品或卷纸的走道碰见朋友时，我们会这样说，并戳戳另一个"罪犯"的肋骨。

因此，和每个星期一样，那一天稍早，我停了车，走过一个比非洲纳米比亚大一些的防火区，和前门的反扒窃警卫交换那种愉快但假惺惺的招呼，然后拉低太阳眼镜，免得令人不舒服的荧光灯伤害我的眼睛。每一次进入超市，这些灯光就对我发动攻击，而这间超市的陈列摆设，和地球上数以千计的沃尔玛姐妹店一模一样，甚至温度和湿度都是由位于阿肯色州的沃尔玛总部统一控制和调节的。这地方就像折价的零售土壤构成的菜园，而菜园里种植的作物是愈来愈多的孤注一掷的购物者。沃尔玛喂养这些购物者，并为他们浇水。就某种意义而言，沃尔玛的管理人员可以被视为农夫。

瓦利世界的购物之旅总是一发不可收拾。我以为我只需纸巾和水桶,结果我也买了轮胎光亮剂、拖把、弹珠和屋顶材料。没有所谓"使用快速通道"这回事。此外,每一次光顾沃尔玛,我几乎总是会买一只真正的沃尔玛烤鸡,一只用旋转烤肉机烤好的鸡。这些烤鸡有各种口味:柠檬、胡椒、炙烤和"传统"式的(传统式预烤?),而它们大约和一只大型仓鼠一样大,便宜得很,足以供忙得不可开交的记者饱餐三日。

在这一次的光顾中,我注意到小型抽水机的价格"回降"了,因为菲律宾的一名供应商,显然以低于印尼另一名供应商的价格出售这种商品。这一点让我思考我正要定居下来的这个干燥地区。抽水机(原先是风车)的存在显然是人们能够居住在米布雷斯山谷的原因。米布雷斯人比美国人、西班牙人和阿帕奇人(the Apache)更早定居在此地,但是在上一次气候变得如此古怪时,他们动身前往墨西哥,只留下美丽而光怪陆离的陶器,而陶器里装满了那种我打算种在农场上的豆子。

事实上,原先的米布雷斯人,是我乐观看待我在新墨西哥州西南部的生存实验有机会成功的原因之一。在他们消失、留下使用中的13世纪版烤箱之前，这批原始居民一直在这座山谷生活得欣欣向荣，据说健康的成年人可以活到30多岁。散布在这个地区的米布雷斯陶器碎片，包括在怪峰农场发现的一些燧石，让我大感欣慰。早在沃尔玛出现之前，人们在这儿照样活得好好的，这一点大大鼓舞了我。当我站在贩卖有毒五金制品和塑胶桶的通道上，我想到米布雷斯人所需的，就是几台抽水机，而我们也许也可以创造岩画，并使用供山羊饮水用的陶桶。

那时，米布雷斯人并没有抽水机，现在，我们在沃尔玛买那些以石油化学制品制成的水桶。但是，我们真的非买不可吗？环顾四周时，我明白这地方并没有因为沃尔玛的进驻而感到苦恼。这些人是打哪儿来的？我是否过于偏离主流？过那种使用当地产品的生活本来就不太可能？我知道即使有抽水机，这个地区的地下水位显然也已经处于危险阶段，愈来愈多的人涌入此地，因为这一带的沙漠靠近某一特殊的墨西哥边界——人们可携带北美自由贸易协定禁止的物品由此闯关入境。尽管我们和圣塔菲（Santa Fe）及陶斯（Taos）相隔甚远，但此地已经有太多寻找理想房屋、想把本地变成加州的人，他们必然会把这个郡变成有史以来第一个大多数人都是房地产经纪人的郡。目前，刚刚抵达此地的人，似乎多半在寻找打折的寝具。

◆ 1997年，在美国登记的商用卡车大约是2 000万辆。这些卡车行驶了6 800亿公里以上的里程，消耗了1 600亿升以上的燃料。

那一天，就在装着打折的玛丽亚·凯莉（Maria Carey）CD的箱子旁，我决定开始停止光顾McMega这类无所不在的大型商店。这不是一件容易的事，在许多情况下，你非得使用沃尔玛专有的商品不可。

就拿宠物篮来说吧，大约一星期前，正当我准备搬到怪峰农场时，我抢救了一只叫罗宾的流浪母猫。它是世界上顶尖的捕鼠高手，但是在我将它带回家后的那一天，它发情了。突然间，新墨西哥州的每一只公猫，都徘徊在我那间租来的麦秆房子周围。因此，我不得不赶紧到城里跑一趟。

罗宾使用它那一夜之间大举歼灭本地鼠的爪子，设法爬出了我用来搬运它的电脑箱。车开了大约21公里后，我赫然发现颈背有一只可怜兮兮的小猫，这时候，我才注意到这件事。我伸出手胡乱地抓它，车子因而横冲直撞，所幸在这条偏僻的道路上，往来的车辆寥寥无几。

兽医为罗宾的卵巢（和我的颈部）动完手术后，我问动物医院的员工该用什么方式，把这只虚弱无力的猫带回家。

"看看你能不能买到一只猫篮。"柜台人员建议。

"但是，怎么样才能在星期二晚上的银市买到一只猫篮？"

"去沃尔玛。"她不假思索地说。

"没有其他办法吗？"

"就我所知，没有。"

我究竟该怎么办？我不知道米布雷斯人拿什么当猫篮。（许多次，当我的生活方式陷入困境，我会试着问自己："米布雷斯人会怎么做？"）我想我可以亲手为那只猫动卵巢切除手术，但话又说回来，我可没有麻醉剂。

就在我发誓不再光顾箱形大商店的 7 个小时后，我以类似打莲花坐的姿势坐在怪峰峰顶，那些无所不在的尖锐沙漠植物将我变成布满钉子的哲人。我的肚子仍然装着阿肯色州的鸡肉，但我的脑袋一直回想那天在怪峰农场发生的事——

自己跑掉的爱速比，以及新的香草园。

　　突然之间，我毅然决然地做出一个决定。我从来没有把一件事做得十全十美，不论是和人建立关系、捕鲑鱼或买干货。而我想把这件事情做得十全十美，不，等一下，这种说法不对。我的意思是，我要把我所拥有的一切全投入这项实验。虽然我不明白很快地，这种"投入"的誓言会变得多么名副其实，①但我会一步一步把计划进行下去。也许一年后，我会看到生活中的石油用量略为降低。但这不是一件不费吹灰之力的事，此刻，即使有了太阳能板，我还是得靠合作社进货的新鲜番茄以及箱形大商店烤好的蛋白质活下去。

　　今天该做的决定就是这些了，我站起来，从身上拔掉各种芒刺和刺苞菊（Chinese star burrs）。我注意到，我正在大口喘气。已经过了天黑时刻，气温降低，退回到"高高的"两位数②，一团星星突然出现。不久，星群就变得十分稠密，很难分辨个别的星星。我明白在这个灯光令人目眩的时代，大

---

① "投入"的原文是 dive in，有"跳入水中"的意思，作者是指后来在淹水期间，他真的"跳入水中"。

② 此处指的是华氏温度。——编者

多数人甚至不清楚我们的银河有多少颗星星。一只郊狼在不远处狂吠，而莎迪停止咀嚼干枯的格兰马草（gramma grass），突然转头去嗅嗅它的犬科表亲。

我开始爬下怪峰，打算回到我的农舍享用一份西红柿罗勒薄脆饼干。我猛地吸入了一口干燥的夜晚空气，沙漠的夜晚是老天赐下的大恩泽。然而接下来，我大吃一惊，因为闪电在远方对我眨眼。等一下，飘浮在北方地平线上的，可是云？我揉揉眼睛，觉得不可置信，然后觉得好玩。真是离奇！真是古怪！我觉得自己就像第一次看到菠萝的爱斯基摩小孩。

对于即将来临的锋面[①]，我没有多想。我得把一座农场变干净，变绿色，让它靠着当地产品生存下去。这意味着要有一百万个计划、工作和目标，而这些计划、工作和目标都是为了完成这一个目的而预备的。我得去订购太阳能板，得去研究生物燃料，得去央求承包商将我纳入他们的"工作计划表"。最重要的是，我得去把山羊取来，为它们除虫、剪蹄，并且一天喂它们两次。由于讨厌的加工鸡肉还在我的体内作怪，所以我很容易将食用本地蛋白质，当成我在怪峰农场的

---

① 锋面就是温度、湿度等物理性质不同的两种气团（冷气团、暖气团）的交界面，或者叫作过渡带。——编者

第一要务。我希望如此一来,我就可以不去碰沃尔玛的旋转烤肉机烤出来的鸡肉。

一想到有那么多工作在前头等着我,我几乎头晕目眩,因此,回到屋内后,我打开以电力公司的电网为动力的超低音喇叭。接下来,随着在iPod所能找到最令人神魂颠倒的节拍,我跳了好几小时的舞。这就像大学生面对太多的学业压力时,会耸耸肩,出去喝一杯啤酒。在歌曲切换之间,我想起那天稍早,我曾在合作社遇到山谷邻居珊蒂·琼斯。她是当地一名环保勇士,已经独立生活了30年,而且她想告诉这个世界,当地的红铜开采业对地下水造成了怎样的污染。她对我说:"你一个人做这件事?(哈哈大笑)你可是把自己扯进一项双人计划了。小子,你所需要的,是一个老婆。"当然,这些话并没有让我更加兴奋地期待我的计划会成功。

第二部

〉〉 淹 水 〉〉

"转身,别被淹死。"

——新墨西哥州一份政府机构出版的小册子劝人勿开车渡过暴涨的河流。这小册子是我刚搬到怪峰农场时,在一个抽屉内发现的。

04

数字时代如何购买家畜

我无法清楚证明新墨西哥州房地产经纪人协会,正和国家气象局(the National Weather Service)联手搞一项阴谋,因此,当我买下需要渡过两条河流才能去到其他地方的房子后不到一星期,就碰上了有史以来最严重的八月水灾,我只能认为那是巧合。曾经是一年一度的沙漠雨季,足足等了7个年头后,才在我刚刚搬入此地时重新降临。

我在一场反常的雷雨中离开怪峰农场,而当我自图森带着从克雷格分类广告网买来的两只小山羊回家时(或者应该说"试着回家时"),雨还在下着。在我离开的那两天,整片地都泡在水里,而现在,这地方看起来比较像海洋,而不像奇瓦瓦沙漠(the Chihuahuan Desert)。这真是麻烦,我得渡过米布雷斯河，才能到达那通往怪峰农场的最后 1.6 公里的路。

◆ 即使在干燥的沙漠，你也可以靠着收集来的雨水过活（http://www.harvestingrainwater.com/）。

两只山羊的叫声似乎表明，它们也准备回家了。我们一踏上让脊椎咔嚓作响的新墨西哥州泥路，它们便在后座唉声叹气，那声音让人联想到屠宰场。我试着对它们唱《归途》（*Homeward Bound*），这似乎让它们稍稍安静下来，但我无法确定我们可以更加接近屋子。我不得不注意那条河流，我离开时，水只到我的脚踝，而现在，它已经达到三级警戒范围。河里出现了急湍，白浪在河流中央高涨。连根拔起的三角叶杨（cottonwood）树干顺流漂浮而下，就像来不及享用午餐的短吻鳄。

我在连绵细雨中将车子停在河岸，然后掀开手机。我不知道卖给我山羊的珍妮丝（Janice）是否能及时接听客服电话，但是，当我从爱速比下来，踏入几乎有弹性、烂糊状的及膝泥水中时，我十分确定我需要一位山羊专家提供建议。

"小羊崽今晚一定得回到一个安全、干爽的家吗？"我问珍妮丝。

"干爽?"她说,"你打算把它们弄湿?"

"我希望不必这么做,但我正看着这里的米布雷斯河,我猜如果我们渡河,羊弄湿的概率是50%。"当我把一只脚拔出像布丁一样黏稠的泥沼时,我听到一种吸吮的声音。

"它们的确需要一个安全的睡觉地方,"珍妮丝说,"如果关在车子里太久,它们会紧张,不舒服。"

但我想,那总比溺死好点,不是吗?因此,我对着手机说:"别挂断,我要出去测试水深,情况看起来不是太糟。"

"别那样做!"珍妮丝从亚利桑那州那端对我大叫,"常常有人就那样一命呜呼。"

那倒是真的。不久前,我才在一本路易斯·拉穆(Louis L'Amour)的西部小说里读到这种情形。山洪可能瞬间暴发,而拉穆认为我这类农场新手正在投入"生牛皮式的经营"。他说我们就像"穿戴生牛皮固定住的全套装备,如果没有生牛皮,这套装备就会散落"。虽然如此,我还是将手机放在爱速比的引擎盖上,然后慢慢涉入水中,就像一位现代拓荒者,身边带着两只山羊,且有一位山羊专家(在电话中)对着我尖叫。

尽管天色已晚,空气和水仍然十分温暖,而这个地方闻起来,不像只会下雨,而像会下滂沱大雨。但是,那漫到我凉鞋的河水,让我感觉十分舒服。长途驱车穿越沙漠后,那是一种令人通体舒畅的按摩。我往前涉入水流之中,才走两步,水深已到达脚踝,然后上升到小腿。来到河流中央时,水已上升到我的大腿,那大约是爱速比的轮胎高度。

我转身,跳着渡过那9米的距离回到干地。"我要放手一搏!"我对着手机说。

"噢,天啊!"珍妮丝叹息说。那些可能再去找她买羊的顾客中,有多少是因为没头没脑地强行渡过暴涨的河流而一去不返呢?"如果你……当你过了河,再打电话给我。"

我把她的自我纠正当成一种信任投票。于是,我把绑在车顶的那捆丰满的干苜蓿推到地上,并为它盖上一层防水油布,因为那东西一定有60多公斤重,而我认为渡河时,最好尽量减轻车子的负荷。我也抛掉我在图森疯狂购物时买来的各种垃圾,将它们藏在一棵树下,而那棵树附近就立着一位邻居"禁止擅闯"的告示牌。我不知道当他看到我那张揭露沃尔玛黑暗面的DVD碟片时,他会怎么想。也许他会报警。

好了,耽搁太久了,是采取行动的时候了,更何况河水正在迅速上涨。当我离家时,老天爷是否除了下雨,什么事也不做?我研究水流,在阿拉斯加,我当过向导,因此受过"解读"河流的训练。的确,这类训练多半涉及乘筏航行,但我猜想，同样的原则可以应用在驱车渡河上。坐在驾驶座上反复思考选择后，我明白"尽快渡河会让我更快渡河"。这意味着爱速比碰到河水之前，会在泥巴上留下 30 厘米的胎痕。车子会短暂地垂直下陷，而这时，羊儿会大声问："难道我们不能选择收养人吗？！"

这是一个半月中，最后一次有一辆机动车成功渡过米布雷斯河的。我的意思是，如果你认为泡水的引擎机体和移位的轮胎是"成功"渡河的证据的话。我的确这么认为，因为三天后，邻居杰克那辆超大型卡车在河中央翻转。当他那变成一艘船的车子漂流到墨西哥附近时，他才从天窗逃了出来。虽然如此，我仍然没有感到十分自豪，因为当我和羊儿乘着一辆斯巴鲁渡过米布雷斯河时，我笨得让驾驶座旁的窗敞开着。于是，20 加仑①的液态新墨西哥州和一条小鱼，就掉落到我的大腿上了。

---

① 加仑，容（体）积单位，分英制加仑、美制加仑。此为美制加仑，1 加仑约为 3.785 升（只用于液体）。——编者

我买下这两只羊才5个小时吗？我在想，在图森那个热得令人无精打采的八月下午，当别人看着一个打扮得光鲜靓丽的30来岁女人，将两只流着鼻涕、大耳朵松软下垂的小动物，从她的卡车移送到一辆掀背式斯巴鲁，而一个戴着牛仔草帽的邋遢家伙递给她一张支票时，他们心里会怎么想？在亚利桑那州的家庭派对上，是否愈来愈常出现某种变态的山羊部位买卖？

原本我应该在下午两点去取羊，但我晚了20分钟，因为我赶去"天然食品超市"（Whole Foods）和"商人老乔的店"（Trader Joe's）买东西，这是乡下佬购物有选择时会做的事（我决定暂时不去苦苦思索一件事：我对箱型商店的杯葛，是否也包括有机连锁商店）。自从搬到新墨西哥州的乡间，我就忘了如何在车阵中开车，我已经把高速公路的一切忘得一干二净。我是那种别人会对我按喇叭的傻瓜，他们以各种令人眼花缭乱的手势，邀请我加入21世纪。当我把钱交给一个开着休旅车的女人，以交换两只和吉娃娃狗一样大的小山羊时，由于紧张，由于亚利桑那州和金星一样酷热，我汗流浃背，并且觉得我仿佛正在看一部关于自己的电影。我的第一个想法是：如果这两只羊开口说话，它们一定是说西班牙文。我想要喂它们吃墨西哥速食店塔可钟（Taco Bell）的东西。

◆ 为了喂养增加的30亿人口，未来50年，人类将生产的食物必须多于他们在过去一万年生产的食物。

山羊商珍妮丝已经在一家外形毫无特色的商业中心等我了，那类商业中心正在图森的沙漠杂乱无章地蔓延开来。当我看见她的车，我觉得自己像神探科伦坡（Columbo），或者像科伦坡想抓的人。谁会为了取牲畜，而和陌生人在停车场碰面？

当我们在克雷格分类广告网敲定细节时，一切都显得十分合理。但是，当网络关系在真实世界中有了圆满结局，那结局顶多也只能说是怪异。当我驱车接近我的联络人时，我想："所以，那就是和我电子邮件联络了一个月的人。我还以为她的头发会更直、更接近棕色呢。"突然间，我明白我根本不知道从网站购买大型动物是否合法。我四下环顾，寻找是否有人坐在一辆奥斯摩比（Oldsmobile）里吃三明治，或者是否有其他我在电视上看到的警车迹象。噢，当然，那辆停在停车场的厢型车，的的确确正在进行某种监视。

别去管任何一位警察或旁观者看到这一幕会怎么想吧。我心想，如果我自己一个月前目睹这一幕，我会怎么想？这和我在郊区成长时所受的教育格格不入。我觉得我来错了地方，就像一个重金属音乐台播放了一首乡村歌手崔维斯·屈特（Travis Tritt）的单曲。但是，由于没有人边从厢型车冲出来，边大叫："别动，该死的笨蛋！"所以我对这项任务开始感兴趣了。

"感兴趣"是一种太薄弱的说法。那两只角上布满了节的小羊儿才从宠物篮爬出来，就俘获了我的心。其中一只是雪白色的，当我把它抱起来，它就开始吃我的胡须，我完全束手无策。一路上，我边反抗这种感觉，边发出三秒钟长的"噢——"。所幸的是，当我把它那有棕色斑点且较吵闹的妹妹抱起来时，它对着我的耳朵打了一个喷嚏。这一点让我想起小孩子的可爱只是一种虚饰。更重要的是，这两只羊将成为我在农场的新生活的中心。我非常倚赖金·柯贝特（Jim Corbett）的著作《遛羊记》（*Goatwalking*）的开场白。这段话说得清清楚楚："除了维生素 C 和一些微量元素，两只乳羊可以供应一个人所需的所有营养素。"

珍妮丝来自附近一座农场，是一个好得不能再好的家庭主妇，她甚至为我带来午餐。在我离开图森之前，她为我示范如何用奶瓶喂那只纯白的甜姐儿。我叫那只小羊娜塔莉（Natalie），因为我认为歌手娜塔莉·莫森特（Natalie Merchant）的歌声有点儿像山羊。这个小东西使劲地吸奶，我很高兴自己<u>永远不必</u>当它的奶妈。光是看着它，就让我畏缩，后怕地摸摸自己的胸脯。我还以为，它会把橡皮奶头吸进肚子里。但这只是不愉快的开始。接下来，珍妮丝捏捏娜塔莉肩膀后的一个部位，然后告诉我，我得在那地方用注射筒注射各种疫苗和药物，而我得从"山羊饲养用品中心"（Caprine Supply）订购这些东西，所以这个中心即将成为我收入的最大受益者。注射筒？预防接种？老天，即使只是捐血，我的眼睛都得看向别的地方。

"头几个星期最难，也最危险，"珍妮丝说，但我不知她是指我，还是指羊，"这是我的手机号码，如果你有问题，可以打电话给我。"

我已经想到一些问题了。娜塔莉正让我明白，它是一个迷人的小家伙，当她的奶瓶没有奶了，它就开始吸吮我的指头,而且显然想和我一起坐在前座。另一只羊被我叫作梅莉莎［Melissa,取自摇滚歌手梅莉莎·艾特里奇(Melissa Etheridge)］。它有着水平的细长瞳孔,仿佛有点杀人倾向,而且长得就像捷克网球女将玛蒂娜·纳芙拉蒂洛娃(Martina Navratilova)。而现在,从它那发狂的叫声听来,显然它不喜欢来到新墨西哥州。

有一个月,除了关于山羊的书,我什么也没读,而那些书多半自相矛盾。和往常一样,书没有为真实生活提供充足的准备。有关饲养山羊的经典著作是大卫·麦肯吉(David Mackenzie)于1957年出版的巨著《山羊饲养法》(*Goat Husbandry*)。这本书的开头有一句话:"山羊的本性是有纪律、乐于合作,而且聪明。"就因为这句话,当我投入我的乡绅农场主生活时,我天真地以为,饲养乳羊是一件简单不过的事。我是说,我只要丢一些干草给它们,帮它们繁殖,不久,它们就会生产不含生长激素的羊奶,而我还可以拿剩下的羊奶和当地人交换干草、野牛肉,以及按摩服务。这能有多难?

现在,当了5分钟的山羊主人后,我试着把一只小羊弄进车里,它开始踢我的骨盆。然而,不知怎么地,我仍然不明白经营农场是一件多么麻烦的事。相反，当我们把两只动物塞入我那辆日制掀背式汽车，我开始乐观地注视着它们。这些小毛球终究会产羊奶，在怪峰农场，羊奶不再意味着"碳里数"（carbon miles）——化石燃料不再偷偷潜入我必须购买的三餐中了。我的车子以前载着一大堆沃尔玛纸巾，现在则坐着两只活生生的山羊。这种情形让我感觉"我不再住在长岛了"。在我的出生地，兽医不必受训去检查猫、狗和古怪的长尾鹦鹉以外的动物。小时候在纽约，我只在一座儿童爱畜动物园（petting zoo）看过山羊。但是我想：当然啦，一开始，这些羊会带给我一些麻烦，我也会感到害怕。但是，当我们回到家，它们看到我为它们准备的可爱羊栏，一切就没问题啦。

在这期间，我和珍妮丝将娜塔莉和梅莉莎放在一张防水油布上，并在油布上放了一些干草，让它们在路上食用。而它们已经在这两样东西上到处撒尿。梅莉莎以小小的羊角撞挡风玻璃，我想，警方是否有一个小组正在拍摄这个场景，以供后代子孙观赏。

我们从图森回到家时，只花了600美元修理受损的车子。

对此，我非常冷静。我认为这个事件意味着：宇宙中有某种力量正在帮助我尝试少用汽油。而现在，我已经将山羊安置在怪峰农场，我是一个农场主了！我觉得一切都如此真实可及，虽然农场臭气扑鼻。事实上，我的生活棒极了……但是，这种感觉大约只维持了 3 小时，因为 3 小时后，郊狼便开始围拢过来了。它们的嚎叫声让人联想到野生犬科动物将餐巾塞入衬衫里，并把刀叉磨利，准备饱餐一顿。不到几分钟，它们就知道两只无助的小山羊来到峡谷了。对它们而言，那就像中国菜外卖，它们正向我道谢呢！

晚上 8 点，我精疲力竭、湿嗒嗒地回到家，然后立即将羊塞进新的羊栏里，也准备将自己塞入棉被里，好好地睡一觉。我用萨克斯为它们演奏了一首查理·帕克（Charlie Parker）的短曲，作为催眠曲。这音乐不是安抚了它们，而是让它们陷入昏睡。（长相酷似山羊的希腊牧神潘恩喜欢音乐，因此，我开始把我的羊叫作"潘恩姐妹"，因为我立刻发现，任何曲调都会让它们呆若木鸡。）到了 9 点，天空下起倾盆大雨，一道闪电击倒了离我的农舍约 6 米远的高大三角叶杨。那是一棵强壮的 70 岁老树，但它被劈成两半。到了 10 点，雨渐渐停了。郊狼却十分逼近，这让我感到极度不安。

因此，我迅速地与此事实妥协：美味、健康的本地奶酪，酸奶和巧克力山羊奶冰激凌，不会轻易出现在我的厨房餐桌上。原先的错误观念维持不到一个晚上。这并不是说，当我明白事实上我得一直顾着羊，不能松懈片刻时，我很高兴。我可是火冒三丈，只穿着内裤就从床上跳起来。我发现，一切令人无法接受的嗥叫声，都让娜塔莉和梅莉莎浑身颤抖。我曾在书里读到，山羊喜欢一成不变的常规。

我无法确定我的羊栏是否可以防止掠食者入侵。麦肯吉以充满鼓励但毫无用处的话解释说："我们的羊圈一定得……在两件事之间达成妥协：对于羊而言，羊圈必须十分舒适，能够让它们健康成长；而对于管理人而言，羊圈必须方便且经济。"他完全没有提到饿乎乎的郊狼。

月光下，我以双筒望远镜自羊栏中央扫视这片新土地的地平线，想找出那些"野狗"，把它们吓走。但是，显然它们已经明白如何智胜我这类的养羊新手。我觉得自己就像一个避开收税员的爱达荷州求生族。那群郊狼大约在400米外，而它们的嗥叫就像500个孩子被挠痒痒时发出的叫声。

否认事实是没有用的，我得和羊一起睡在外面，确保当地的掠食者在吃自助餐时，会略过这道菜。我叹了一口气，因为我已经喜欢上潘恩姐妹了，如果明天早上我到外面喂它们，却只发现四只耳朵和一堆郊狼粪，我将无法忍受。莎迪注定成为家畜的看守者，但它还太小，不过是郊狼的开胃菜。因此，我取出猎枪。在我手中，这武器显得奇怪而沉重，让我觉得自己就像开枪时常常伤到自己的卡通人物艾默·法德（Elmer Fudd）。

这不是我们第一次成功渡河时我想象的那种一夜好眠。至少夜空是晴朗的，虽然我已经明白在此地，锋面会如何迅速到来。我将睡袋铺在已经布满羊粪的羊栏的屋檐下，而羊栏就位于农舍下的山坡。将子弹装入猎枪后，我试着让郊狼的交响乐引我入睡。但"入睡"只是一种好听的说法。其实我焦躁不安地不断梦到我的手指被咬断，醒来时却发现一只羊在舔我的手。

我喜欢这样，喜欢被倚赖，喜欢对自己的生活负责，而这里的生活是指未来的蛋白质。事实上，有件事让我略感震惊：我迅速变成那种持自由论的进步主义牛仔，那种听乡村歌手威利·尼尔森（Willie Nelson）的音乐的牛仔。他可以说是这种现代"粗犷个人主义"生活方式的教主。我真想喝一杯大批量生产的本地啤酒，但我想用冰酒杯喝。

隔天一大早在羊栏醒来时，我全身酸痛，且散发臭味。我也注意到一件事：我的地位提升了，变成了羊群的领导者。两只小羊一直跟着我，至今依旧如此。我猜想，当我第一次用奶瓶喂娜塔莉和梅莉莎喝奶时，它们就认定我是它们的爸爸，或者认定我可以决定羊栏的门何时开，且干草、谷物及牛奶之类的好东西何时会出现在它们面前。

我头昏眼花地环顾四周，然后渐渐明白，昨夜我和羊儿同眠，而且还带着一把枪。如果我告诉纽约长岛的一位咨询顾问，这就是我的职业目标，他一定会叫精神病院那些穿白衣的医疗人员过来。但是，我不妨善加利用这一切。天刚亮，月光仍在我身旁投下影子。此时，我为潘恩姐妹盖了一个立体方格攀架，使用的材料是当地派不上用场的加钉雪地防滑轮胎、梯子，以及泥巴。我已经自大多数的"专家"作者那儿得知，山羊喜欢攀爬，爬得愈高就愈开心。谁不喜欢这样？

做好攀架后，我沉思了20分钟，思忖着我还得等许久，才能喝到第一批羊奶。虽然到了9个月大，潘恩姐妹就可以生小羊，但我还是决定让它们享受 15 个月的童年，借此断开小母亲的枷锁，并且避开相关的社会问题。

另外，我还得考虑羊儿 5 个月的怀孕期，所以这意味着我得等上一年半，才能从这两只动物身上得到回报。然而不管怎样，为了得到自制乳品而付出的努力是值得的。在我成长的地方根本没有乡村音乐台，更别提乡村歌手约翰·普林斯的教派（John Prince cult），但是现在，我认为这个教派是所有健康亚文化极其重要的一部分。在长岛，没有人饲养或种植自己的食物。以前在长岛，我每周的购物清单包含下面的项目：

柳橙汁

山葵

烤鸡

冰激凌

而现在，我发现，我在布什总统的辩护者所拥护的商店里搜寻下列的物品：

干草

猎枪子弹

活鸡

冰激凌

我巴不得赶紧将冰激凌从购物单上删除。但也请了解这样东西在我的生命中是多么不可或缺。对我而言，冰激凌就是一种"食物类别"，正因为如此，我买了努比亚种山羊，因为这类山羊就是以产富含脂肪的奶而闻名的。因此，潘恩姐妹显得格外珍贵，珍贵得可以让我放弃睡眠，住在屋外。仿佛是为了强调这种想法，北方不祥地隆隆传来这一天的第一声雷。我进入屋内，将"教主威利"放进iPod里。我想我不妨现在就开始扮演我应该扮演的角色。

05

一觉醒来，城郊居民变成了全职的山羊兽医

我向来不爱哭，可我万万没想到，我会为一只山羊啜泣。但是，在我和潘恩姐妹刚刚培养出一种惯例后，一天早上，当我噔噔噔地走到羊栏喂它们吃早餐，我发现娜塔莉一直在流鼻涕，仿佛有东西正在锥它的鼻子。隔天，它就得了剧烈的胃痛病。我照顾这只羊还不到两个星期，所以，请不要再谈我那伟大的冰激凌计划了。

把我吓呆的，不只是羊栏的乱局。当一只动物已经轻轻松松吃掉你的两顶帽子，现在却在一夜之间停止进食，你会担心。而如果你以奶瓶喂那只动物，且偶尔摇它入睡，你会非常非常担心。显然娜塔莉快死了，这件事对我而言可是一个重大打击。这两只小羊儿是怪峰农场的生活重心，不只是因为我的许多计划都与它们有关,也因为它们那强烈的个性实在让人无法忽略。就像中学走廊那些受欢迎的孩子一样,它们总是必须和你谈话,而我打破农场的一切规则,被它们拉入那些谈话里。我已经迷上它们了。

但我知道我得打起精神,为它们治疗,而且必须尽速去做。当然,我先找上麦肯吉,他告诉我:"倘使读者尽了力……但羊还是生病,那就得去找外科兽医或草药医生。"显然这本书不是在一个雨季带来大洪水的地方写成的。除了伞兵或海豹突击队(Navy Seal),没有人到得了怪峰农场,因此,我只能在谷歌上拼命搜索"山羊疾病"。我浏览了一些链接网站,里头有一些江湖医生声称,羊奶可以治疗人类的一切肠疾。然后,我发现娜塔莉得了一种寄生虫引起的下痢,即"腹泻",这种疾病常常是致命的,可能在几天之内就让它一命呜呼。

我找到了治疗药物,那是一种原先用来治疗猪且药效特强的鲜红色药水。其标签不详地警告着用药过量的危险。因此,我立即上网向山羊饲养用品中心紧急订购这种药水,并在药水抵达之前的这一两天尽量让娜塔莉不脱水。看着它,我感到非常难受,因为它的眼睛变成薄膜状的细长狭缝。我明白那种感觉:它觉得自己刚刚喝了危地马拉市的自来水。

我所能做的，就是不断地让它喝水，然而，即使我用萨克斯为它演奏小夜曲也无济于事。

我试着安慰小羊，眼睛却不断涌出泪水。我已经习惯了看羊人的生活。除了一天两次喂小潘恩姐妹配制的牛奶和干草，我也照顾它们健康上的例常需要。任何时刻，怪峰农场的厨房料理台总是散置着用过的注射筒、棉花球，以及一种叫灌药器（drencher）的巨型眼药水滴管，后者是用来将讨厌的口服药灌入羊的食道。此外，每隔几天，我和莎迪就得"睡"在羊栏，把来袭的掠食者赶走。虽然我照顾小羊的时间只有短短的两个星期，但它们的体型差不多增长了一倍。也许它们是动物饲养史上受到最详细监控的山羊。

事实上，在我发现娜塔莉虚弱得站不起来的那个可怕的早晨之前，我一直很担心自己已经变成那种过度保护动物的疯狂主人了。毕竟在这儿，冰激凌遭到了威胁。一切证据都显示了这一点：我露宿在羊栏，而羊儿每抽噎一次，我就紧张得像热锅上的蚂蚁。另外，为了把可能绑架小羊的人吓走，我甚至在农场入口处张贴了一张"提防山羊"的告示。

其实在这两只羊当中，梅莉莎是一个令人望而生畏的保镖，可以应付任何攻击者，不论是人、狗或猫。虽然只有6个星期大，它已经可以精准地挥动羊角，这一点足以让它在电影《三剑客》里找到一份工作。它的整体举止让我想起电视真人秀里得了经前综合征（PMS）的朱迪法官（Judge Judy）。另一方面，娜塔莉则是洁白如雪的公主，娴静而安适，笑起来让我想起亲爱的祖母。当我为它修剪脚蹄时，它以一种可爱的模样朝我伸出脚，仿佛我是一位美甲师。和梅莉莎一样，它的耳朵是身体的一半大。说来奇怪，它操控着比较强悍且十分溺爱它的妹妹。

而现在，娜塔莉奄奄一息了。在等待山羊饲养物品中心寄来腹泻药期间，我感到无助。不只是兽医被挡在怪峰农场外，我也被困在这里。虽然这是一个和善的乡间山谷，但是带着两只有角的动物竖起拇指搭便车仍是一件棘手的事，更别说带着它们渡河了。自从这两只羊来到怪峰农场起，天天都在下雨，有时一天下 1 个小时，有时下 6 个小时。除非我愿意游泳，否则我哪儿也去不了。

甚至进行例常的喂食，我也得从存放在河对岸的那一大捆干草中一次取一些干草。河水高涨，这种行动可能让我丧命。这也意味着每隔一天，我就得浑身湿透地走 1.6 公里路，并且必须跳过带倒钩的铁丝网。

◆ 或许由于纽约客走路多于开车，他们每人排放的二氧化碳量，是一个美国人的平均排放量的 1/3。

更糟的是，在娜塔莉病了的那个早晨，我接到联合包裹服务公司（UPS）当地职员玛格丽特打来的一通"惊慌"电话。当我的手机开始唱歌时，我正在羊栏轻轻抚摸着娜塔莉小小的头。

"你现在有 4 个包裹了，"玛格丽特哀号着，"其中一个写着：'紧急包裹：羊药'。但我根本没法接近你的住处。"

这个女人崇尚自己的工作，所以我说服她推翻"后 911"政策，把我的包裹放在河对岸的莱西家。但是，我该用什么方法把药物弄到农场呢？幸运的是，我不必担心太久。玛格丽特同意送药后的几分钟，来自银市、体态轻盈的保育组织经理露比打电话约我出去。我们是在几个月前我主持的读书会上认识的。

"我很乐意出去逛逛，"我说，"但是你可以来我这里吗？还有，嗯……你过来时，可以去莱西家帮我拿一个包裹吗？那东西很重要。"

如果你要求地球上其他任何人先展开一趟 37 公里的"寻

宝"之旅，然后抱着几个盒子渡过水位到达三级警戒的河流，那这个人一定不会赴你的约会，而且不会再跟你联络。但是露比不一样。我知道我可以放心大胆地提出这项要求。事实上，她也欣然接受这项挑战。

这位高挑、金发、非常强壮的女孩参加过落基山的极限赛跑，参加过铁人三项运动竞赛。有几次，她还在越野自行车赛中获胜——即使要我在那些比赛的路径上健行，我都得小心翼翼。对她而言，渡过暴涨的米布雷斯河根本不是挑战，而是一件令人兴奋的事。她认为上班或早餐前带我去跑个20公里，是开启早晨的一种性感方式。此外，最好在跑步中跳过一条冰冷的溪流。于她而言，那是前戏。她是身上没有黑色素的"奇女子"。

"没问题，"她只说了这么一句，"七点见？"

我真喜欢山上的女孩。

我边哼着"我靠着朋友的举手相助渡过难关"，边亲吻小羊的头，并答应它们，我两三个小时后就回来。是去为它们取早餐的时候了。娜塔莉不吃东西，但我希望情况会改变，而梅莉莎则狼吞虎咽。我穿上渡河用的长靴，开始走向湿答答的河岸，不论好坏，那都是我的临时干草仓。

因此，在这场本地老人记忆所及的最惊人的水灾肆虐了两个星期后，我涉入及腰的米布雷斯河主水道中。这个时候，原本应当温柔的水道看起来就像大峡谷的峡沟。新墨西哥州的深度表已经被冲走了，总之，这样的早晨让我纳闷为什么诺亚需要四十昼夜，才能明白过圣洁生活的重要性。尝试渡过暴涨的河流一次，已足以使我开始拼命祷告。

事实上，当我将两捆和枕头一样大的干苜蓿举到头上，就像硫磺岛的海军陆战队士兵举起星条旗，我看起来就像满口胡言乱语的忏悔者。我的脸扭曲成一种瞪大眼睛全神贯注的模样。即使经验丰富，渡河也不会更加容易，因为每落一次倾盆大雨，水道就会改变。河床布满卵石，就像设计来夹住脚趾、让膝盖骨移位的障碍赛场地。如果我跌倒，干草掉下来，在我重新站稳之前，它就会被水冲走了。现在，我的生命就像一场在水中进行的"旋转游戏"①。

但是羊儿得进食，事情就是这么简单。我几乎已经习惯一个事实：如果我必须自文明世界取得任何想要的东西，至

---

① 旋转游戏（Twister game），玩游戏者被绑在一起，转盘转动时，他们的手或脚必须从一种颜色的圆圈中，移到另一种颜色的圆圈中。

少取得任何干燥的东西,这就是我必须采取的方式。

"留在水道右边!"我那六十几岁的邻居威尔·欧格登(Will Ogden)大喊道。他坐在对岸一块舒适的石头上啜饮咖啡,并将牛仔帽拉正。最近,他差不多就住在那地方,而洪水是他主要的消遣来源,让他可以和当地其他农场经营者(以及一位尝试以"生牛皮式"经营有机农场的生手)分享他三十年来添油加醋过的洪水故事。

我试着按照威尔的指挥涉河,但从我的位置看来,水道的右侧和中间及左侧一样,有着湍急的白浪。我们的一位邻居是一位野心勃勃的飞机驾驶员,于是我在脑里记下一件事:问他是否可能驾飞机为我空投干草。但是,一心多用使我岌岌可危地往前倾,两秒钟后,我衬衫里的手机和信用卡都被水浸湿了。路易斯·拉穆的小说就是没有描述这样的状况——一位安静的牛仔对着头戴无边软帽的姑娘说:"小姐,在我确定仍然可以传简讯时,你去帮我抵挡那些阿帕契印第安人吧。"

但是现在,我几乎来到河中央了。我侦查前方,心想今天我一定可以直挺挺地过河。我全神贯注于这个目标,因为溺水会让我和露比的计划变得复杂,这可是我许久以来的第一次约会呢。

我得设法不被那一整棵胡桃树撞死,因为我突然注意到,它正像鱼雷那样往下游,朝我漂过来。以前我碰过这样的事。我抓准了跳起来的时机,解救了我的干草,就像一位服务生手掌朝上端着一盘开胃菜,巧妙地穿过拥挤的餐厅。我听到威尔在对面拍手喝彩,于是我知道,我将变成当地传说的一部分。

那时还不到上午 10 点。每次遇到威尔·欧格登,我至少得花两小时听他大骂这个郡,听他抱怨说,虽然西方人在这儿居住了 400 年,但这个郡却没有为居民建造一座桥。就因为如此,我知道我得设法早点儿回去喂羊。突然间,这件事已经主导了我的生活。

我喜欢加入社区的咖啡聚会,虽然这会让我晚点儿回到家。这些聚会是在 8 月 6 日大洪水期间,在涨满河水的河岸形成的,让我在淹水的苦难中,和 12 个家庭的成员联络感情。这些家庭住在艾尔·欧特罗·拉多路(El Ottro Lado Road),这个路名的意思是"另一边",而这"另一边"有多层含义。在孤立的乡间文化里,由于居民说话语气较温和,也只管自己的事，因此在其他情况下，这种联络感情的聚会往往需要数十年才能形成。

在淹水期间的任何时候，总会有1至6名受困的欧特罗·拉多居民聚集在淹水河岸的一边，就好像在参加某种团体治疗。他们会借着这个机会骂政府，试图将他们那些令人质疑的房地产购置决定合理化。

"在政府为我们提供服务之前，大家应该组织起来，拒绝缴纳财产税。"当我带着潮湿的干草噼啪作响地来到对岸时，威尔说道："我的意思是，救护车要怎么进到这地方？"

那是此刻受困的欧特罗·拉多居民的争论重点。山谷里医生的妻子克朗太太生病了，必须到城里接受氧气治疗，而这只是这个社区遇到的一连串难堪事件之一。每个人都还在谈论着杰克如何九死一生地逃出那辆大卡车。在抢救行动中，一辆拖拉机沉到水里了。银市的报纸甚至刊出一张有关这幕惨不忍睹的场景的照片。我们觉得自己好像出名了。

"我想我们应该拟出一份陈情书，要求我们在议会应该有代表——如果他们想收税的话。"威尔猛烈抨击，脚重重地跺在摇摇晃晃的河岸上。

在洪水来袭的第15天，这已经是一种老调。我放下干草，将耳朵里的河水拍出来。

就在我听到雷声变大时,我说:"好吧,威尔,你差不多在这儿住了 30 年了,今年有什么特别之处吗?或者在雨季,这地方一直是这个样子?"

"啊,这地方一直是这个样子,"威尔以一种较温和的语气回答,并仔细瞧瞧他的雨鞋,"每个人都变得很激动,因为有人差点儿死去。然后河水消退,一切就回归正常了。"

当地居民都在为他们回不去或出不来的房子付按揭贷款,而且近来每一次出门,就要冒着遭受雷击之险,所以我决定不就威尔所说的"正常"和他争论。正当威尔说完时,我看着一道靛蓝色的闪电击中他背后山坡上的变压器,之后新墨西哥州西南部的电网被摧毁达数小时之久。最近,我们的供电总是断断续续的,就像在巴格达。

◆ 2003 年,380 名美国人遭雷击身亡。

当那天的第一场倾盆大雨做完了健身操,我转身去看米布雷斯河的背景。天空是一种讨厌的瘀青色,一只苍鹭停在附近一棵三角叶杨的枝干上,一切闻起来就像降雨前清新空气的气味。沙漠居民往往以惊奇的眼光注视着绿色,就像佛罗里达州的居民看到雪那样。但是最近,我们的叶绿素出奇地多。当我看到这座山谷就像电脑修过的瑞士照片,而不像西部片里的约翰·韦恩(John Wayne)在一场大杀戮枪战中蹲坐的地方,我甚至不再感到诧异。

"你在想什么?"威尔大声对我说。他天天问我这个问题。

"没错,"我宣布,并假装吐出一团烟草,"我估计水位还是太高,斯巴鲁过不了河。"然后,我在心里补充一句:"希望露比不会觉得这个要求太过分。"

"你和西莉亚还好吧?"我边拿起干草,边问威尔,"缺不缺生活用品?"

"不缺。如何让我的孙子去到外面的公路搭校车,是唯一的问题。你呢?你在那边的情况怎么样?"他比着最近的山脊过去那边的怪峰农场。

"我的一只羊快死了。"我说。

"那很难受,第一只生病的羊儿。希望你没事。"

"你也是。我在想,你是否可以把小雷奇抛到河流对岸?"

"我没想过这个,也许行得通。他是个壮小子,也许会落在你的干草上。"

我叹了一口气,然后在岸边的漩涡中看到自己的上半身倒影。我究竟在这儿做什么?尝试养羊,并且假装嚼烟草?我觉得自己就像谐星比利·克里斯托(Billy Crystal),滑稽地模仿着牛仔生活方式。我在水中只看到一个满脸惊恐的怪人,他戴着一顶草帽,穿着一件湿答答、沾染苜蓿饲料的法兰绒衬衫。我几乎无法把两头牲畜养活两个星期:其中一只需要紧急治疗;另一只可能先在石头上把角磨利,然后带着充满柔情蜜意的眼光全速冲向我。那就像和电影《粉红豹》里的加托(Cato)住在一起。

邻居的和善让我不至于陷入自艾自怜的泥沼不可自拔。"你要水果吗?"威尔问。

我差点儿笑出来。欧格登夫妇已经塞给我太多祖传苹果树上长出来的苹果,让我没办法关上冰箱的门。有些祖父母塞玩具或钱给孙子,欧格登夫妇则塞苹果。我身体不缺糖类,那可得多亏了过去一星期两次在黄昏时到他们的苹果园摘苹果。在这两次中,在蟋蟀的交响乐中站在梯子上,我朝着一只桶丢入我所吃过最美味、最脆、最甜的金黄苹果。我吃一颗,然后摘两颗;再吃一颗,然后又摘两颗。雨中,我尽情享用那些又脆又甜的苹果。当每家超市都卖着一模一样的东西时,这种苹果就从商店的架子上消失了。

"一天一苹果,医生远离我;所以我至少一年不用看医生了。"我告诉威尔,而这个想法让我精神为之一振。

我明白怨天尤人解决不了问题。我被困在这里,全身一直湿答答的,但雨不只下在我身上。每个人的情况都一样。我从那些有一样麻烦或更大麻烦的邻居身上所得到的,全是支持。

当然,我得搬许多干草,并搭便车进城买食物。是的,如果到了明天,娜塔莉的情况没有好转,它可能活不了。好吧,我的生活不再和城市郊区生活一样舒适,但是这么早就放弃,岂不令人感到难为情?即使我有一打一流的合格房地产经纪人,三个星期就抛弃一座农场仍然显得太快了。

露比准时来了,手上拿着娜塔莉的药,以及一盒送给我的巧克力冰激凌。

"过河有麻烦吗?"我问。

"过什么河?"她敏捷地脱掉凉鞋,然后走进浴室换上干衣服。当我冲到外面扮演兽医角色时,我明白一件事:和一位环保超级女战士在一起,绝不是消磨一个星期四夜晚的最糟方法,因为这个女人可以一跃跳过暴涨的河流,做起杠铃推举可以轻易击败我,而且只用目光,就可以压倒最凶恶的农场主人。

娜塔莉太虚弱了,无法反抗我推入它喉咙的灌药器。鲜红色的药水滴在它的嘴唇上,就像酷爱牌饮料(Kool-Aid)。它看着我,仿佛是在说:"这东西最好管用。"我们明天早上就会知晓。

回到屋内,我很感激露比,所以我开始以怪峰农场最先收获的瑞士甜菜和韭葱,为她做了一份拌了花生酱的泰式炒菜。

泰式炒瑞士甜菜拌花生酱

4 瓣蒜头,切碎

1 把香菇

1 棵韭葱

1/4 杯松子

3 大匙橄榄油

8 片瑞士甜菜叶

1/4 杯糖荚豌豆

1/4 杯胡萝卜切片

2 大匙酱油

1小匙泰式红咖喱酱

1大匙花生酱

1颗酸橙

3根荷兰芹

· 锅子加热至中高热度，以橄榄油炒蒜头、香菇、韭葱和松子，直至蒜头开始变脆。

· 加入瑞士甜菜、糖荚豌豆和胡萝卜，再放上酱油及红咖喱酱。不时翻炒，直至蔬菜变烫热，但仍硬挺。然后，移开锅子。

· 加入花生酱搅拌，在炒好的蔬菜中挤入酸橙汁，再以荷兰芹装饰。为一切的慷慨和好心献上感谢。

炒菜时，我注意到，我身上的衣服不适合穿到城里闲荡一晚。鲜红色的山羊药水玷污了我的圆领汗衫，而那一层干苜蓿污渍大概洗不掉了。我现在养羊，所以对我而言，尝试为约会或任何事情整理门面都是徒然的。

事实上，现在我每次从口袋掏出一美金钞票，就会朝银行出纳员和合作社员工身上射出可疑的绿色叶状物。如果我住在无政府状态的新墨西哥州以外的任何州，这种情形也许会让我有些紧张。干草渗入我的衣服、皮肤、笔记本电脑和洗衣机的每一个缝隙,常让我不得不向超市女收银员和墨西哥餐馆的女服务生道歉:"噢,那只是苜蓿。"

"太糟了。"他们的表情告诉我。

但露比似乎不在乎:我们以炒菜和啤酒填饱肚子,并且看了一部维姆·文德斯(Wim Wenders)的电影。屋外则雷声大作。

天一亮我就醒来,比以往露比吵我起来跑步的时间还早。我让她继续睡,自己则奔向羊栏。那地方因为开满了喜欢洪水的柠檬塞澳树(limoncillo)的花,而散发出柠檬的芳香。那是一种黄色的小花,为人提供充分的嗅觉享受。我想在这些花里打滚,但我有任务在身,所以我从农舍小跑至下面的羊栏。

在我到达谷仓之前,娜塔莉就以响亮的女高音对我大叫着:"嗯吧!"我认得那种音调,它在告诉我:"我饿了!"

我几乎因为松了一口气而倒下。然后,我迅速做了一个真诚的感谢祷告,因为梅莉莎也加入合唱,不久,两只羊就会大声喧嚷,连住在蒙大拿州的农场经营者都会被它们吵醒。

当我做一些它们无法接受的事，例如在屋里写作或睡觉、为菜园除草、去拿干草，或者不和它们厮混，它们就会不高兴，而且会以大声吵闹的方式，让我明白这一点。

"嗯吧？"一只羊以一种坚持、充满颤音的叫声问着，我认出那是梅莉莎饥饿的叫声。

"好吧！好吧！我来了！比萨送来了！"

"嗯吧！"娜塔莉再度狂叫，而我把这个叫声解读为："赶快！我两天没吃东西了。"（对于一只山羊而言，那是一种甘地式的绝食抗议。）

"嗯吧！"我以男中音答应它们。谢天谢地，峡谷的这个地方没有邻居。我和这两只羊常常没完没了地进行这种对话，而我觉得好玩的是：它们听得懂我的口音。即使它们离开羊栏，只要我喊一声"嗯吧"，它们就会跑过来。

我是一个穿着宽松短裤、头戴牛仔帽的山羊服务生。当羊不断地叫喊，我有一种飘飘然的感觉。有右派的农场主人塞苹果给我，有漂亮的环保主义分子涉河救我的山羊一命。圣经说："爱你的邻舍。"的确，至少我可以做到这一点。

做完必要的清晨运动后，露比以冰激凌和昨晚剩下的瑞士甜菜做了早餐，而我则和羊儿在羊栏里打坐。潘恩姐妹又开始玩起它们的恶作剧：我一坐下，娜塔莉就撞掉我的帽子；而当我推着手推车去打扫羊栏，梅莉莎则想搭便车。任何一本有关山羊的书都会告诉你，这两种行为清清楚楚显示它们十分健康。

海瑟·汤普森（Heather Thomson）是一位包着头巾的14岁邻居，也是米布雷斯山谷公认的山羊专家。她曾告诉我，练习挤奶永远不嫌早，早点练习的话，山羊生完小羊后，对这个过程才不会感到不自在。

"天天练习，"她告诉我，"一年后，你会感激我。"

如果海瑟提供一些有关山羊的建议，你不会把这些建议当成耳边风：如果生活品位大师玛莎·史都华（Martha Stewart）亲自做一些引人注意的花招，那她看起来就像海瑟。打从4岁起，海瑟就开始挤羊奶了，而她置身羊群时总是泰然自若，就像我待在麦金托什（McIntosh）音响旁一样。因此，我把练习挤奶这件事纳入我那套打坐动作：我静坐20分钟，然后做剧烈的伸展动作，接着开始假装挤奶。我很想看到这套动作被纳入一本有关瑜伽的书。事实上，当露比过来叫我吃早餐时，她看到的就是这一幕：我正摆出莲花姿势，边念着"欧姆"，边假装按摩羊的奶头。现在她想溜之大吉那就太晚了，因为她已经在这儿过夜了。

◆ 安全节育用的胶乳主要来自热带地区的橡胶树（Hevea Brasiliensis），而最好的橡胶树则生长在马来西亚和泰国。

我让羊栏的门敞开着，如此当我和露比在屋内吃早餐时，潘恩姐妹就可以自己去觅食。但是，过去一段时间，我无微不至地看顾它们，为它们治病，而它们又是如何回报我的？我一转头，它们就直直朝着玫瑰花的方向，爬了180米的山坡。显然玫瑰的茎是山羊的菲力牛排。

这两个小混蛋明明有洪水带来的那16.5公顷大的野花，以及许多营养丰富的绿色植物可以享用；但是当我发现时，它们正带着夸张的天真表情，咀嚼着我最喜欢的玫瑰的花和茎。我可以发誓它们正在偷笑。我两手各抱起一只羊，将它们丢回作为受罚席（penalty box）的羊栏，然后开始我那长达一年的徒劳：营造一块以玫瑰花为主的绿地。事实上，没有一样东西可以拦住山羊，魔术师胡迪尼（Houdini）从它们身上学到了一些窍门。

秋天期间，梅莉莎便成了这种惯性攻击的元凶，而它闯入玫瑰园的方式多得令人瞠目结舌。其实这种聪明的、天马行空的、蓄意的捣蛋行为解释了一件事：山羊总是能够以令人意想不到的方式存活下来。当其他牲畜因为口渴而倒毙，它们却可以从大多数动物认为不能吃的阿巴伽羽果树（Apache Plume）吸取水分。如果洪水来袭呢？它们可以停在最狭窄的高地上，例如一辆斯巴鲁汽车的车顶置物架。

我要为这个问题负部分责任：由于我是山羊领导人，我在哪儿，它们就想待在哪儿。当我待在农舍里，没有和它们一起用餐，违反了它们的社交规则，它们就想尝试进来，想用它们愈来愈有力的角撞我的推拉式玻璃窗。它们真的在敲门，当这一招不管用时，它们就去吃玫瑰花，就像想要吸引注意力（不论好坏）的孩子一样。它们明白，我最不想看到它们这么做，它们就愈加故意这么做。欢迎来到山羊世界！它们知道，只要它们进入玫瑰园，我一定会从屋里跑出来，并且尖叫着教训它们；但至少这时候，我会来到它们身边。

它们大约一周对我的玫瑰园发动一次攻击，就这样，它们逐渐摧毁了我的玫瑰。有时候，这让我火冒三丈，让我一再违反关于"不要含怒教训"的每一条养育规则。但是，不管潘恩姐妹怎样得寸进尺，我就是没办法一直对它们发脾气。它们是如此娇嫩，如此攸关我计划的成败，以致我几乎没注意到一个事实——我是得益于明智的教养方法 [吃现代的有馅硬皮比萨，并看重播的现代《脱线家族》(*the Brady Bunch*)节目]长大的；但是，在我为山羊的福祉努力的过程中，我几乎完全牺牲了生命中其他一切工作。

当我去取我自克雷格分类广告网买下的羊，我不知道我的"早晨的农场工作"往往会让我忙到下午。我不知道我可以在纳税申报单填上"山羊兽医"。我也不知道两个诡计多端的小淘气会成为我的家庭成员。现在它们必须做的，就是再好好地活上500个日子。那时，我将成为山谷高档本地有机冰激凌的首位制造者。

第三部

〉〉 改 装 〈〈

今日，以植物油作为引擎燃料或许看似不重要，但总有一天，这种油可能变得和现今的汽油及煤焦油产品一样重要。

——鲁道夫·狄塞尔

（Rudolph Diesel，柴油发动机发明者，卒于1913年）

06

追求"碳中和"的爱国者

43天后,我才有办法让爱速比渡过米布雷斯河。我没法不去注意一件事:诺亚只需在那场众所皆知的洪水中忍受40天。但是话又说回来,除了山羊粪,他也得清理象粪。第44天,我才在点火开关那儿找到车钥匙,并重新开始使用化石燃料。我决定现在是面对一个事实的时候了:在20年的开车期间,我用掉了12 430加仑的无铅汽油。

洪水肆虐期间,有一天,当我正把潘恩姐妹拉出玫瑰丛,我收到在谷歌上找到的一位住阿尔布开克(Albuquerque)的技术师的回电。他向我保证,只要做一次简单的引擎改装,我就可以用当地墨西哥卷饼店的油炸废油来开车。听起来,这是一个不容错过的大好机会,但我面临的问题是:唯有(而且这是一个十分重要的前提）当我愿意卖掉爱速比，并且买一部柴油车，我才能使用免费且达到"碳中和"（carbon neutral）目标的燃料。

我详细查阅这位凯文·弗瑞斯特（Kevin Forrest）的网站，他的公司有一个合乎时宜的名字：阿尔布开替代能源公司。虽然这个公司似乎合法，但我明白我有点希望它不是合法的。撇开那次的刹车教训不谈，当我想到一件事，我就不免有一点儿"分离焦虑症"：我必须丢弃爱车。过去12年，它可靠地带着我跑遍北美各地（总共跑了328 000多公里），而它待在修车厂的夜晚，大概跟克林顿和希拉里共度的夜晚一样多。

但是不久之后，因为养了两只健康的山羊，我就不再需要以石油运来的奶蛋白，因此，如果认真考虑断然舍弃无铅汽油，我就得采取下一个步骤。这意味着我得横越几条山脉，然后往北开390公里的车，去到新墨西哥州的大城，而我希望，这是我这辈子最后一次使用化石燃料的公路之旅。

我滑倒了，重重摔在地上，就这样两步滑向阿尔布开替代能源公司的仓库。老板可说是住在餐厅的废油当中，他甚至没有注意到我。因此，我有第二个机会明白一件事：当你想要去到一块布满植物油的水泥地板的另一边,你不能用"走"的,你得用"滑"的。这块地板的表面几乎是没有摩擦力的,让人联想到冰河。用于冰上行走的钉鞋,或许可以在此派上用场。但无论如何,那个三月的下午,我早早摔的那一跤让我明白,从现在起,油脂即将在我的生活中扮演一个重要的角色。舍弃化石燃料将是一个滑溜溜、不稳定的过程。

"这种改装其实很简单,"我的向导凯文边向我解释,边带我进入仓库,不过他并没有警告我,"小心,地板有点儿滑。"(我已经明白这一点,而且正带着些许疼痛擦掉身上的油。)"我们只需把燃油滤清器重新安装在油泵后面,加装加热的植物油滤器,并且装入第二个油箱——这个油箱里有一个Hotfox装置,可以将燃料加热。"

我眼睛变得呆滞无神,每当某个领域的专家说起行话,我就会变成这样。凯文明显散发着疯狂科学家的气质,而他已经让我相信,他即将把去加油站加油一事变成我过去的一部分。此刻,他正尝试描述这个系统如何发挥作用。

凯文穿着连身工作服在仓库的地板上滑来滑去,这身装扮让他看起来很像电影《查理和巧克力工厂》里的侏儒奥帕伦帕人(Oompa-loompa,他们的裤子往上拉得高高的)。他拿起引擎零件向我说明,而我试着将注意力放在这位技师身上,并同时在仓库溜冰场保持平衡。这位 27 岁的年轻人不曾安安静静地坐下一秒钟,那就像看《梦幻岛》(Gilligan's Island)中被快转、以显示某人很害怕的片段。

或许这是生物燃料已经进入成熟阶段的征兆,但是,凯文忙得不可开交,我想他连睡觉的时间都没有。他边喝着一瓶 3 升的皇冠可乐,边来回奔波于柯克兰空军基地(他是这个基地的现役空军专家),以及(说来讽刺)他自邻近一位雪佛兰汽车商租来的位于商业区的阿尔布开克替代能源工作室。偶尔,他会回到阿尔布开克的家看看他的妻子和刚出生的儿子。

但是,就一位替代能源的先驱而言,凯文·弗瑞斯特绝不是一个环境保护狂。这位去过伊拉克两次的退伍军人理了一个引人注目的平头,并且立即表明,他绝对无法原谅影星简·方达这类的反战人士。我之所以知道这一点,是因为我喜欢问一些军人,为什么他们常常会支持布什总统这种沉迷于可卡因的逃避兵役者当三军最高统帅,而不支持一位至少会去当兵的挑战者。凯文说,退伍后,他觉得自己被约翰·凯里(John Kerry)的反战立场欺骗了。(这位未来的参议员曾和简·方达一起出现在反战示威中。那是在凯文出生之前发生的事,但这不重要。)但是一个有点倾向于时事评论家比尔·欧莱利(Bill O'Reilly)的右派主张的家伙为什么会想帮助他的国家减少对于外国石油的依赖?

"我是一个爱国主义者,"这位植物油机械师在仓库告诉我,并朝波斯湾比手势,"有一天,当我在那儿登陆,我想到就是因为我们买石油,将石油注入车子里,所以那些对我开枪的人,才有钱买武器。那是一种荒谬的循环。我只是想,我们应该看看,是否可以在车子里放入别的东西。"

我们可以这么做,这甚至不是一件什么大不了的事。事实上,发明柴油机的鲁道夫·狄塞尔,曾打算让农夫以自己栽种的作物作为燃料。那不是一种加工过的生物柴油,而是一种纯粹的植物油。最近,这种油通常来自餐厅的废油,不需经过任何化学过程,只需滤掉薯条和小排骨碎片。在其他情况下,这些东西会被送去商业用牛、猪的饲育场。就因为如此,阿尔布开克替代能源公司的仓库,才会散发一种介于当地麦当劳以及过了尖峰时段的中国外带餐馆的气味。

事实上,当我边吸入仓库的气味,边聆听凯文谈论他的植物油系统(对于我们这种绿色狂而言,这意味着一种"植物油车子"),我想到对我而言,一盘整晚被丢在那儿的美味外带中国食物，很可能就是想象车子的整个神奇改装过程如何发挥作用的最佳方式。试想早晨，当我带着四分之三的睡意来到厨房时，我看到我那盘凝结的宫保鸡丁剩菜。这种情景总是让我作呕。我怎么会吃下那种满是厚厚白色脂肪球的东西？而昨晚，那些脂肪球在哪儿？

答案是——当我的宫保鸡丁处于热腾腾状态时，这些脂肪球是大约和BB弹一样大的小小液态分子，而这些分子在我看不见的情况下，流入我的身体。凯文说：这些小小的液态燃料丸，就是要放入我的引擎的东西——虽然他是以资深美国太空总署工程师才能了解的术语，向我解释这件事。我打死也不要的东西，就是剩菜变冷时形成的固态油脂球。凯文已经研发出一种热和燃料的分送系统，这种系统可以确保我的引擎一直有热的液态中国食物油，再也没有黏稠、油腻的剩菜了，确实就是这样：让我的车子跑动的燃料，就是用来烹煮我最爱吃的宫保鸡丁以及其他增加心脏病发病率的油炸食物的油。

但是，为了让这项实验发挥作用，我得买一辆柴油车。虽然按照凯文的植物油系统，当我发动引擎时，车子其实还得使用不好的旧式传统柴油来行驶，但是，只要行驶几分钟后，一旦引擎热起来，这个系统就会转换到一种装满油炸食物用油的特制油箱。如果这种油脂不够热，就会堵塞油管，使这些油管看似美式足球队"绿湾包装工"（Green Bay Packer）粉丝的动脉。然而，一旦这套系统的温度到达神奇的摄氏60度，我的车就变成"碳中和"的车了。如果我高兴，我可以不带罪恶感地开车环游世界。

07

大得离谱的美国卡车

在这个光明前景的鼓舞下,我以一件事来为这一天揭开序幕:购买爱速比的替代品。我知道我不只得买柴油车,还必须得买一辆四轮驱动车,因为通往怪峰农场最后1.6公里的泥路,维修的频率和索马里的公路系统差不多。因此,除非我打算从那些将方向盘放在另一边的国家进口一辆较小的柴油卡车,否则我的卡车就必须来自福特、克莱斯勒和通用汽车这三大厂。此外,它的尺寸只有XXXL和XXXXL两种选择,而我倾向于XXXL。我已经习惯开一辆精简的日本车,在过去12年,这辆车的维修只意味着偶尔换换广播电台,因此,我很难明白这是一种怎样的骤变。但是,牵扯到碳排量时,我几乎就像瑞士一样致力"中立"[①]。因此,我得勇敢面对这个困难重重的早晨。

◆ 在北美,丰田汽车 2005 年的获利是 25 亿美元。

新墨西哥州阿尔布开克市的里奇福特(Rich Ford)二手卡车营业部,就位于阿尔布开克替代能源工作室以外约 6.5 公里的地方。2007 年,它以一种奇特又有趣的方式,重新运用销售二手车的每一种老招数,包括营业员如何扮黑白脸。事实上,他们的停车场就有一辆柴油车,那是暗绿色的,而这对我是再合适不过的了。在交涉过程的一个节骨眼,我听到(或者对方刻意让我听到)经理自一扇半开的"私人用"门向我的营业员大吼说,关于我正考虑买下的那辆"跟新的一样"的 6 年车的价钱,他绝不会让步。

坦白说,令我印象深刻的是:那一天离开时,我不确定他们是否对我花言巧语。我拥有英国文学学位,但是他们的口袋里有我的钱——比汽车行情杂志《蓝皮书》(*Blue Book*)所设定的价格高一些。我觉得整件事就像在和狡猾的二手车

---

① 原文是 neutrality,在这里作者是指他致力追求"碳中和"(carbon-neutral)。

营业员交涉。我问保固部门的员工，如果我为这辆3/4吨的F-250卡车延长保固期限，那么，当我把植物油注入油箱，保固服务会受到影响吗？我得到的答复十分模棱两可：这种做法会让保固失效。这就是高油价时代福特汽车公司的官方政策：你倒不如把糖倒入油箱，多么新的科技啊！这让我想不通为什么这种公司会赔钱。

但令我惊讶的是，我立即喜欢上我买下的这部超大型卡车，就像一名拿着火箭筒的新兵可能因为在练习射击时轰掉了整栋房子而欣喜若狂。开出一大张支票后，我所开的车子不再是路上最矮的，而是最高的。我从来就不曾拥有过一辆有门梯的车子。

进行驾驶测试时，我注意到那些小小的悍马和斯巴鲁休旅车毕恭毕敬地离开我的车道，而它们的驾驶员卑躬屈膝地对我微笑，并挥手叫我先行。由于头几次通过天桥时，这辆卡车差点碰到桥底，所以我开始留意天桥的通过车辆高度限制。然后，当我把卡车停下来，我立即明白，不管成为一辆大卡车的主人在其他方面意味着什么，一旦开进停车场，我就成了难民。此后，我请学科学的朋友做了评估，而他们的结论是：在地球大气层内，我根本无法一次就把一辆2001年产的福特F-250开入一座标准停车场。突然间，我十分同情每一个遭到排斥的少数派。在那个早晨结束之前，我发现所有开超大型卡车的司机，都怒气冲冲地聚集在超市和五金店停车场的外围，每辆车都占了4/3个停车位。然后，他们整装准备走长长的一段路进入超市或五金店。通常我们不会关掉引擎，因为不管使用什么燃料，发动一台V-8柴油机是一件大事，如果有三台以上的柴油机同时发动，全世界的油价可能都会受到波及。有时候，我们就在那儿举行烤肉会。

◆ 一辆混合动力车（例如丰田普锐斯）所使用的能源及所排放的温室气体，大约只有一辆大型卡车或休旅车（例如悍马）的一半。

简而言之，那是一部令人肃然起敬的机器。在我拒绝里奇福特的"售后诈骗部门"提供的防盗系统和底盘上蜡服务之前，我已经把我的新车取名为罗特[①]。我的意思是，这部卡

[①] 罗特，英文为Roat——Ridiculously Oversized American Truck（大得离谱的美国卡车）的缩写。

车的发动机是V-8，比我惯用的大一倍。突然间，我可以加速冲上山坡，即使车上载着四捆苜蓿、八片太阳能板，以及一只老是跑来跑去的小狗。当世界其他地方正在抛弃休旅车，像抛弃一种坏习惯时，我几乎觉得有义务在我的脸颊和牙龈之间放一撮烟草。

当我兴高采烈地开着我的卡车去阿尔布开克替代能源公司的仓库，在遇到第一个红绿灯时，我明白了一件事：我投射出来的男子气概的形态已经永远改变了。之前我是一个敏感的进步论者；而现在，我是全国运动汽车竞赛协会（NASCAR）的一员。名字叫达拉（Darla）之类的女人纷纷打量着我的车子，仿佛那是人类身体的一个部位。她们眨眼睛，挥动着有刺青的手介绍自己，有一两次，她们甚至伸出舌头。我试着以达尔文的观点来看待这一切：在大堆的钢铁和超级强大的发动机里，是否存在着某种暗示强大生殖力的东西？和这辆卡车相比，爱速比大约只有一辆小型赛车（go-cart）的马力和外界影响力。我不相信，他们容许这种玩具出现在马路上。

在阿尔布开克替代能源公司的总部，植物油的改装工作耗时三天,而在这三天中,我多半是在误解行话。

"如果你无法发动车子,你可以让涤净后(postpurge)的运转时间加倍。"在第一天很晚的时候,凯文这样说,而我立即被搞糊涂了。我不明白他所说的是一件多么重要的事。他的意思是:只要我停下20分钟以上,我就得清理植物油管,否则,这些油管就会像因心脏病过世的演员约翰·坎迪(John Candy)的主动脉;此外,当下次我发动"罗特"时,可以预测冠状动脉也会发生阻塞。真幸运,我的卡车竟然有这个功能。(但愿每次吃完中国食物后,我们都能清除动脉上的油脂球。)

和凯文进行技术性的谈话时,我不担心自己无法专心,因为我的卡车属于第一批拥有极佳数位控制板的车子。这种以魔术贴(Velcro)粘在仪表板上的控制板叫作"植物油控制器"(VO Controller),这是一个叫雷(Ray)的家伙在他位于密歇根的车库发明的。凯文说,有了这项装置,我的发动机会知道它何时到达华氏140度,而且会自动变换到植物油动力。当我关掉发动机,它甚至会自动"涤净"油管。我不必操心这些小细节。我只需开车,并感觉自己是一个绿色的地球公民就行了。但是,我所犯的错,就是太相信这一点。经历数次机械故障的大灾难后,我才明白,我必须得去思考清理油管的事,以及我正在使用什么燃料,而且我得经常这么做。

虽然我们密切合作了数天,但我还是不太明白凯文·弗瑞斯特对我的看法。他坦承,他对于"嬉皮"有一种错综复杂的感觉,这些人不断走进来,想要以 4 块水晶换取福特车的全部改装。

"你得拥抱市场。"我告诉他,希望我的牛仔帽至少可以部分掩饰我的政治立场。我们谈话时,收音机正宣布一件事:由于以甘蔗制造乙醇这项技术有了丰硕的成果,巴西刚刚能源独立了。

好吧,凯文了解他的市场。事实上,他的思考已经走在前端了。当他敲掉我的仪表板,让我那辆刚刚离开停车场的卡车看起来像是受重伤的神经外科病人,他告诉我,他认为在人们想出一种永续方式从水分子中分离出氢原子之前,植物油动力会是一种过渡时期的动力。

"世界上没有足够的植物油为最先的 100 万辆改装车提供动力。"他说,并从引擎盖的某个地方探出头来。

◆ 技术上，在美国的48个州，使用植物油开车皆未合法化，因为植物油并非获得美国国家环境保护局（EPA）许可的燃料。德国人在过去20年一直合法地驾驶以植物油为动力的车。在荷兰，火车以植物油为动力。但是在法国，植物油并不是合法燃料。

我想更加仔细地瞧瞧他正在对我的"罗特"做些什么。我在这位机械师用来滑到车子底下的正方形滑板上滑来滑去，看着从卡车底部伸出来的五颜六色的电线，心想：会有足够的植物油供我使用吗？有生以来第一次，我支持较不健康的美国饮食趋势，希望借此让我的油炸废油的供应不虞匮乏。我私下想象着如果有必要，我会炸许多薯条。

我想凯文注意到我的忧虑了，因为在改装的最后一天，当他第10次叫我去买汽车零件时，他要我顺便带一些"油腻"的东西回来当午餐。他说："你得支持这个行业。"

其实凯文·弗瑞斯特就代表着这个行业，至少在新墨西哥州是如此。最近他和当地一个收集废油的公司合伙，开设了美国第一家政府认可的植物油加油站。他们借着一个方式获得许可；同时付给新墨西哥州税务局和美国财政部燃料税，而税率和一般加油站所付的燃料税率一样：付给圣塔菲的是每加仑21%的税，付给华盛顿的则是每加仑18.4%。

他教导我："如果你给政府钱，政府就高兴了。"2007年3月，凯文的植物油每加仑卖2美金，而当时，新墨西哥州的柴油价格大约是每加仑3.08美金。已经有来自北美各地的顾客找上他们了。

当我开着忠实的爱速比去买午餐，我很感激可以省钱，因为我将在凯文的加油站为我刚刚装设的80加仑植物油油箱加油。之后，我希望我的燃料是免费的：我会去不健康的餐厅收集废油。因此，在一种矛盾的心情中（最近，这种情绪似乎渗透到我的绿色生活的每一个层面），我从"熊猫快餐"店带回装在保丽龙盒子里的外带中国食物。

经过72个小时，去过全国汽车零件协会（NAPA）12趟后，凯文宣布我的卡车改装好了。当他在卡车上方挥舞着一把和高尔夫球杆一样大的活动扳钳，他的宣告其实带有某种灵魂上的含义，虽然我看过较不费时的正式信仰皈依①。事实上，由于我曾笨手笨脚帮忙弄紧油管，因而全身上下溅满植物油（凯文说那是我的"涂油"仪式），所以我觉得自己仿佛刚刚经历了神学家所说的信仰皈依过程，这包括浸礼、隔离、睡眠被剥夺、告解（反对布什总统）、一个看见异象的时刻（涂油），以及最后的什一奉献。

现在是我第一次加"碳中和"燃料的时候了。试车时，我们将"罗特"开到阿尔布开克替代能源公司的植物油加油站，以及厕所出租公司，这地方位于阿尔布开克西部一个只能说是"粗陋仓库区"的地方。和凯文合伙经营植物油加油站的家伙，也经营着一家赚钱的流动厕所公司。这个家伙想出的谋生之道显然是——载走人们用餐前和用餐后想去除的东西。

开车前往植物油加油站的途中，我们谈论了一个敏感话题：世界上用来种植农作物的土地，被用来为"西方的罗特"提供动力，而不是用来供给穷人食物。收音机告诉我们，最近墨西哥的玉米饼价格已经上涨一倍。

"一切都和市场需求有关，一切都在全球化，"凯文几乎以一种愤怒的语气告诉我，"如果这些技术不划算，它们就没

---

① 改装和改变信仰的英文都是 convert。

有立足之地。如果有人因种植农作物的土地被用来种植制作生物燃料用的玉米、柳枝稷或葡萄籽，而必须得去寻找其他食物来源，那么他们就得服从自由市场。"

◆ 半数美国农地都用来种植以牛为主的牲畜的饲料，而美国生产的谷物有70%都用来喂养牲畜。现在在全世界，地球的生物量（biomass）有7%被使用。对于一些能源理论家而言，这表示人类的食物供应，并不会因为生物燃料而有匮乏之虞。

我很高兴发现一件事：会吐烟草汁并对经过的女人吹口哨的技师，现在竟然为了乐趣而讨论再生能源。尽管凯文持着"不计代价追求自由市场"的信念，但他看出了一件事：除非某件事迫使世界各地比较缺德的公司停止残害地球，否则未来将岌岌可危，而我们却必须住在这样的地球上。尽管如此，不知为什么，他相信福斯电视台的新闻报道是真实的。

当凯文打开植物油加油站大门的锁，并用嘘声赶走当地的流浪汉时，我几乎不敢相信我的眼睛，此地的沙漠冒出许许多多的塑胶厕所。我也不敢相信我的鼻子，加油站的气味几乎强烈得具有麻醉效果，甚至连仙人掌都要凋萎了。

当我们停车时，凯文转身看我。我以前臂压住鼻子。

"那是滤过的油脂的气味，"当我在多得可供两个伍兹托克音乐节（Woodstock）使用的卫生设备旁停下车时，他这样告诉我，"我们熬炼乱七八糟的材料，将好油自猪油和水中分离开来。大热天，成堆的废弃品开始散发出刺鼻难闻的气味。如果你不用这种油开车，这些东西就会被拿去喂我们吃的'熊猫快餐'的鸡。"

真正的植物油加油泵被塞在 700 个流动厕所之间，看起来就像我父亲小时候的加油站的加油泵——呈古雅的椭圆形，有一个旧式油表，以及加油时会转动的实体数字。我问凯文，这是否和一般的加油一样。

"没错，只不过如果你把油枪握得太久了——哎呀！——那东西会烫伤你的手。你要去感觉。"

我握住油枪。"没错，哎呀！很烫。"我说。我猜对了一件事：加油泵得保持烫人的温度，免得油管像动脉一样堵塞。

我以仍然烫热的手再度去拿油枪，并以衬衫下摆作为防烫垫。我想要亲手为我的卡车注入头一次使用的植物油，即使这样做会牺牲一只手。我是说，我想从一个全然旧式的加油泵将干净的燃料注入我的卡车。这是多么酷的一件事！我觉得我就像在点一杯葡萄口味的 Nehi 饮料。

我转开油盖，将喷嘴对准我那普通的油箱。

"哇哇哇！"凯文大叫，将我自幻想中拉出来。

"什么事？"

"如果你把植物油注入旧的柴油油箱，你就别想开这辆卡车了。"

"没错。"

这就是我需要的：考虑两种燃料。但是几分钟后，当植物油油箱注满了 80 加仑的植物油，而我的手有二级灼伤时，我做了一些里程的估算。如果 1 加仑的植物油和 1 加仑的柴油一样，可以让我的卡车跑 29 公里，那么它可以跑 2 400 多公里不用加油，这表示它可以横越半个北美。我可以开着它跑上好几个月，而且不必以真正的柴油加油——嗯，几乎永远不必。自从我抵达阿尔布开克，由于尼日利亚的输油管遭到蓄意破坏，每加仑的柴油已经在这三天之中涨了 20 美分，所以我已经摩拳擦掌、跃跃欲试了。

事情就是这么简单：当我用完植物油，我会在米布雷斯咖啡馆买油。那是我那座山谷的两家小餐馆之一，以擅长料理新墨西哥州的两种传统主食（炸玉米饼和炸面粉食品）而闻名。我还可以开车跑来跑去，那是终极美国式自由的象征。我的燃料将是免费而干净的。当然，明年4月，我必须采用不受监督的荣誉制度（honor system）来估算并缴纳燃料税。但是，比起我在附近的免税印第安人保护区忍受的最后一次加油（耗费67美元），这种情况显然好太多了。我做到"碳中和"了，这是一种很棒的感觉。

08

宫保鸡丁烟幕

从阿尔布开克市回家的途中,我决定打电话给某人。我想如果我告诉某人:"猜猜看,我现在开什么车?"那一定很好玩。但是,当我边以130公里的时速开车,边掀开手机,我突然意识到,没有一个人和我亲近到可以让我在半夜用一次"随堂测验"叫醒他,而这一点让我的腹部感到一阵刺痛。我搜寻自动拨号机,结果还是一无所获。

几个星期前,我和露比明白,我们还是当跑步伙伴比较好。此后,我就和其他两个女人约会,其中一人往往和现任情人打得火热时谈论旧情人,而另一个人则坦承:"我真的没什么话可说。"显然这不是我的爱情生活里最令人心满意足的时期。

然而，以"碳中和"燃料开车仍然是件令人兴奋的事。就像这样。这是我第一次具体感受到我的绿色实验有了进展。我是说，我在开车，开一辆超大型卡车，而且我使用植物油。在我的上方，和往常一样，索科罗郡（Socorro）以南的星星是这部分银河中最明亮的星星，而它们没有因为我制造二氧化碳而变模糊。这是那种理论上可能发生，但真正发生时显得很神奇的奇妙现象之一，就像一位超级新星或喜剧演员史蒂芬·科尔伯特（Stephen Colbert）在白宫发表演说。

我注意到的唯一负面影响，就是我对宫保鸡丁有了强烈的渴望。即使才刚吃过，我发现每一次出门，一股神秘的力量总是吸引我去中国外卖餐馆。凯文曾就这一点向我提出警告。从现在开始，基本上，我的卡车将永远是一部激发食欲的机器，它排放的废气真是好闻极了。

这是我必须付出的小小代价："罗特"以植物油跑得很好，且比使用柴油时安静。当我开了386公里回到怪峰农场时，它的油表动也不动。我可以习惯这一切。

几天后，我想进城，而当我尝试发动这头野兽时，问题开始出现了。的确，这是海拔1 600米的一个寒冷的早晨，甚至坐在乘客座位的莎迪都在打哆嗦。但是，我没有碰过一辆机动车这般打定主意——不发动就是不发动。10分钟后，发动机发出震耳欲聋的咳嗽声，我负责思考"情况不妙"的那部分头脑开始活跃起来。我开始火冒三丈。

我想象那位二手车店老板边喝啤酒，边对他的营业员说："你相信吗？我们真的摆脱了那辆车子，把它卖给那位以披挂生牛皮的方式经营农场的自由派分子。也许他已经被困在沙漠的某个地方了。"

但是接下来，我控制情绪，做了一个深呼吸，尝试回想凯文的指示。柴油车发动前的仪式，的确比太空梭发动前的仪式更复杂。我一一将核对项目检查一遍：油很多，离合器接上了，我甚至记得在发动前打开电热塞。因此，我做了任何大脑皮层发育健全的聪明灵长类动物在这种情况下都会做的事：再花15分钟转动启动器。

令人讶异的是，这个方法好像奏效了。一方面，"罗特"的强力发动机的确转动了，但另一方面，我的卡车被一阵和蝙蝠车排放出的气体一样的白色浓密烟幕吞没了，而这烟幕散发出某种中国菜的气味。也许这是植物油没有完全从油管清除所引起的。

我听到莎迪边汪汪叫，边从卡车冲出来奔向怪峰。我也从我那仿佛有两层半楼高的座位跳下来，然后跑去寻找掩护。当我跳下车，进入一个烟雾弥漫的地方，并且以为我来到了中学老师的休息室时，我相信某东西就要爆炸了。也许我应该更加仔细聆听凯文不断叮咛的那些有关"涤净"的指示。

我以为我的数位植物油控制器可以处理这一切，因为它有一个被明确称为"自动涤净"的功能。我渐渐明白，以绿色燃料开车比我原先所设想的更需要"参与"。事实上，截至目前，我在机械方面的专长局限于换轮胎。而现在，我变成一位专职的发动机诊断专家，我是说，如果我想开车去任何地方（例如去银市合作社买西兰花）的话。突然间，我怀念起爱速比，怀念起它那奇特的日本式可靠性能。我还没有把它卖掉，它被塞在凯文位于阿尔布开克的修车厂，被成堆二冲程动力机械包围着。也许我不该以替代燃料来开车。

但最后，烟雾散去了，我看到一个 150 米高的龙卷风般烟柱慢慢飘向墨西哥。在奇瓦瓦的某个地方，有一个村子即将因为闻到散发中国食物气味的烟雾，而变得饿乎乎。

瓦利沙的宫保鸡丁配芝麻凉面

鸡肉

3 块鸡胸肉，切成长条

1大匙中国米酒

1撮盐

1撮白胡椒粉

3小匙玉米粉

3小匙中国乌醋

3小匙糖

1小匙蜂蜜

1大匙酱油

葵花油

1/4杯腰果

3个干燥的四川红辣椒,用剪刀剪开,如果你要求口味细腻,可以使用完整的辣椒,等做好辣椒油后,再将辣椒丢弃

3瓣大蒜,压碎,再切成方块

1大匙姜丝

1个红萝卜,切成薄片

1把葱,只用白色部分,切成薄片

1颗甜椒,切成薄片

· 以米酒、盐、胡椒粉和一小匙玉米粉腌鸡肉,然后放

在冰箱里冷藏 20 分钟。

- 加入醋、糖、1 小匙玉米粉、蜂蜜和酱油（这就是你的酱汁）。
- 在炒锅里热一些油，丢入腰果，炒至腰果变成浅棕色，然后迅速取出，让腰果变干。把油放在一边。
- 在炒锅里热 1 大匙新油，加入辣椒，1 分钟后取出辣椒。把辣椒放在一旁。
- 将鸡肉放入辣椒油里，炒约 3 分钟。放入蒜、姜，在锅里翻炒，再放入胡萝卜、葱和甜椒。在酱汁里搅拌，再炒约 5 分钟。
- 加入 1 小匙腰果油。
- 加入腰果和辣椒。

面
1 包捞面或乌冬面
4 瓣大蒜
1 把葱，只用绿色部分，切碎一些芝麻，烤熟

- 按照包装上的说明煮面，面一变软就滤掉水，并迅速以冷水冲。

- 将蒜和葱略炒一下。
- 将面、芝麻、蒜和葱放在一只碗里搅拌。
- 让面变凉（料理鸡肉之前，先把面准备好也许是个明智的做法）。
- 享用时，以芝麻面搭配鸡肉。然后把废油存起来，作为车子的植物油燃料。

我花了整整半小时才让莎迪相信，它可以安全地来到"罗特"周围6米的范围内。那段时间，我认为最糟的情况已经结束了，而我是对的。因此，我慢慢将车开入城里。然而，就像一位还不会控制刚刚拥有的新能力的超级英雄一样，我可能一路释放了12个宫保鸡丁烟幕，其中一些出现在新的离合器造成的引擎熄火后，而出现地点则是在车水马龙的十字路口，让这些十字路口笼罩在犹如噩梦般，但并不难闻的世界末日大战的前兆里。说来奇怪，似乎没人在意。看到人们既生气又显得饿乎乎的，是一件很有趣的事。他们在十字路口对你大吼大叫，但接下来又似乎若有所思地忘了这一切，并将车子开到附近的金龙餐厅。

"嘿！你不能停在那儿！"卡车第3次熄火时，一名经过的警察对我呼叫，并以手挥开我制造的废气，然后补充说，

"嘿,这儿好像有薯条的味道。"

"是宫保鸡丁。"我纠正。这种情况开始让我有点儿苦恼。

那天下午,当我从城里开车回家时,出事了。在荒凉的沙漠中,我的车子又熄火了。从某种程度上来说,这是我的错。T型小汽车(Model T)生产96年后,福特汽车公司的工程师仍然想不出如何让第一档和倒挡之间的距离超过1毫米。由于当我重新发动"罗特"时,发动机仍然是热的,因此宫保鸡丁烟幕并没有喷出来。但是,当我注意到植物油控制器似乎没能让我以植物油开车时,我慌了。显示器上显示"柴油,手控"。我叹了一口气。

呆呆地瞪视着植物油控制器一会儿后,我踩刹车,然后打电话给我的植物油技师,希望他可以给我一些远距离的机械操作建议。我可不想以化石燃料开车,但我也想平平安安地回家看电视剧《抑制热情》(Curb Your Enthusiasm)。

"按'变换至植物油'键。"凯文建议。我想,我听到背景中有直升机的声音。

"弄好了,"我说,"现在控制器显示:'植物油,手控'。"

"现在吸气,"凯文建议,"有中国食物的味道吗?"

问题是，就在那个下午，新一波讨厌的沙漠花粉在新墨西哥州西南部爆发开来，让我的鼻窦变得和小气球一样大。

"我不确定，"我坦承，"我的鼻子不太灵，闻了那东西没有让我很想吃中国菜。"

"好吧，那么嗅嗅废气。"

"什么？"

"下车，将鼻子伸到排气管前，"凯文指示，"如果是柴油，你的喉咙会有灼热感。"

这真奇怪，从来没有人叫我去吸卡车的废气。但是，谁能不听从一位打过仗的技师的话呢？我放下手机，照着他的话去做。

"我的喉咙没有灼热感，"我向凯文报告道，"但是现在，我有点儿想吃馄饨汤。"

"你用的是植物油了，"凯文说，"我得走了。"他挂断电话。

挂断电话后，我明白了件事：植物油控制器不是控制器，我才是。我学会了去留意油温；学会了在短程行驶后，或每当车子熄火且搅乱自动涤净的作用时，用手将一种燃料来源转换至另一种燃料来源。我开始了解"罗特"内部发生的事。

和我的羊一样，这辆卡车需要严格监控。事实上，在我打电话给凯文后，我不禁思考以下的统计数字：

◆ 爱速比多久没有发生过无法发动的情况？——12年（还在累计中）。

◆ "罗特"多久没有发生过无法发动的情况？——1星期。

然而较重要的是，我可以心平气和地看待一件事：我已经习惯于生命中所遭遇的一切，包括忍受洋基队老板乔治·史坦布瑞纳(George Steinbrenner)，抱着湿答答的干草艰难地行进，在机场脱掉鞋子，以及以不讨好的废油开车。头几个星期，我甚至不敢对着植物油控制器呼吸，但不久，我发现自己已能按键更换它的清理装置（有时边开车边做这件事），仿佛一位法庭速记员。此外，我可以控制我的宫保鸡丁烟幕了。我承认有时候，如果我觉得有人开车时太靠近我，或者某辆车的汽车保险杠大剌剌地贴着说教的贴纸，我就会故意释放烟幕。但我将这一切视为一种"碳中和"的社会服务。

09

对地球有益的糖尿病

在我打电话请凯文教我清理油管后的那个早晨,我漫步走入米布雷斯咖啡馆。我靠在柜台上,将牛仔帽往后拉,然后对经理蕾丝莉说:"我想帮你们一个忙,我愿意把你们的废油载走,这是免费服务。我想这是因为我喜欢你们,况且你们的巧克力奶油派真的很棒。"

蕾丝莉拿起一只咖啡壶,走向一间小房间,然后转头说:"排队吧,小子。有个家伙一星期开车来这里一次,将我们用过的油通通搬走了。"

真是一大挫败!是不是住在上游山谷的邻居葛森(Gershon)早我一步来到这里了?就我所知,除了我,在新墨西哥州西南部,只有他老兄完全用植物油开车。

我打电话给葛森，而他证实他已经捷足先登，获得米布雷斯咖啡馆的废油取用权。"也许你可以试试城里的几间餐馆。"

米布雷斯有两个人用植物油开车，这件事也许显示了一个事实：这座山谷的那些"天不怕地不怕的集团"，已经被"畏惧卡尔·罗夫[①]集团"削弱了。尽管这是一件好事，但我不太喜欢这种情况的发展。我希望如果可能，我用的废油可以直接取自这座山谷。你知道，我要过上使用当地产品的生活。因此，我尝试求助于葛森的嬉皮天性。他在城里经营一间有机素食熟食店，而且正在试验种植藻类，想要以这种植物制造植物油。

"老兄，让我们想个好办法停止倚赖埃克森美孚公司（Exxon Mobil）的石油吧，"我游说道，"应该还有比'谁先到一步'更好的办法？"不过这并不是说，如果我捷足先登，我的反应会不同于他。

葛森的看法和我一致。我们同意保持联络，并一起分享可能取油的地方，虽然基本上，我们已经在整个郡划分出各自取油的范围。要是有更多人来排队，我们会想出其他解决

[①] 卡尔·罗夫（Karl Rove），布什总统的首席政治顾问。

办法。这是"好老弟"处理这种情况的方法。

只不过光凭这段谈话,我的油箱不会加满油。我在山谷另一家离怪峰农场不到2.5公里的"姐妹餐厅"不太认真地留了话,但这家以两位吝啬的姐妹命名的餐厅只在周末营业,而且我认为她们菜单上的菜太健康了,无法提供太多油炸废油。

我尝试的下一个地方,是银市一家新的中国外卖餐馆。这家餐馆的老板很乐意让我搬走废油,因为他们正在花钱请几个叫"洛哥"或"疤脸"的家伙帮忙做这件事。但是,当他带我到餐厅最恶心的地方——"后装货区",他却吃惊地发现,巨大的油脂隔离器里的油竟然被稀释了。"我想,我的员工把废水倒在这儿了。"他以中文说"我想"。

凯文也曾就这种情形警告过我:如果你想以植物油开车,你必须讲求干净。我买来的那个和水桶一样大的过滤器,使我可以轻易拥有自己的加油站。我只需倒入植物油,加热,让油沉淀,然后我就可以把油注入油箱。但是,餐厅必须将废油放在不同的废油桶里,而废油最好不含部分氢化的废物,不含猪油,而且一定不能含水。

突然之间,油脂供应似乎成了一大难题。我从来没有想到,废油会是一种如此稀有的物品——当你想到在这个世界上最多糖尿病患者的地方，一个最不为人忽略的元素基本上就是油脂，你会认为废油不该是一种稀有品。新墨西哥州的传统食物之所以如此可口，就是因为它有39种油炸玉米饼。这地方的烹饪手法十分油腻，好几个世代以来，主要的蛋白质来源一直是重复油炸的豆子——不只炸一次。

从离开中国外卖餐馆的那一刻起，我就开始锻炼肠胃，把视察并测试墨西哥西南部每一家"糖尿病制造工厂"当成我的责任，而且我经常这么做。每次进城，我都会品尝好几盘油炸青椒塞肉、油炸辣椒肉馅玉米卷饼（沾绿辣椒酱），以及油炸香酥薄饼（sopapillas）。我开始在睡梦中听到："这东西很辣，甜心。"我想我得先成为一位有见识的忠实顾客，然后才能开始要求餐厅老板带我到餐厅后面去参观废油罐。在银市，人们处处可见我那突然变蜡黄的脸色。

◆ 两份芝士牛肉玉米卷饼含有646卡路里，以及18克"坏"脂肪（饱和脂肪及反式脂肪）。这是在不含重复油炸的豆子的情况下计算出来的。一般成年人每天应摄取2 000卡路里，以及低于20克的"坏"脂肪，而且应该尽可能减少反式脂肪的摄取量。

而我的皮肤可能先变坏，才会变好。按照新墨西哥州小镇文化的运作方式，我可能得在 Mi Casita 和 El Paisano 这些餐厅吃上几年，也可能得和餐厅老板的一两个侄女订婚，然后才可以讨论窃取废油这个奇怪的问题。从好的一面来看，每一次进城，美国农业部所制定的一个月所需之主要脂肪类别摄取量，我都能达标。

拥有"罗特"不到一个月，我就开始担心我将不得不到阿尔布开克替代能源公司的加油站买那一加仑两美元的植物油。我不再为省下燃料钱感到兴奋了。当我轻描淡写地向会计师解释我们所欠的那 212 美元的燃料税时，我也不会再偷笑了。

但是，正当我开始注意这种徒劳的猎取油脂行动对我的健康造成什么影响（自从卡车改装后，我的体重已经增加 3.6 公斤），我终于收到"姐妹餐厅"打来的电话。在这座山谷里，我几乎可以从怪峰农场闻到她们的食物传来的气味。我知道莎迪闻得到，她们的餐厅有密西西比河以西最棒的鲁本三明治（Reuben sandwiches）。

"我们有 6 加仑的好油脂要给你。"姐姐丽塔说。不久又有其他餐厅打电话来。就在丽塔叫我去取油的那个星期，肯德基炸鸡总部宣布将改用非氢化油，而他们在银市的经理说，我可以尽情地搬走他们的油炸废油。

我已经数十年没有光顾肯德基了——我还不知道他们最近卖起苹果酥饼呢。我在创办人"上校"画像和监视器前停下车，找到放置大垃圾桶和油脂隔离器的地方。然后，在我装好凯文卖给我的特制泵之前，一位包头巾的员工抱着垃圾袋走了过来。当时我戴着乳胶手套，而且把一辆大卡车开到一个只有员工才能进出的地方。我看起来比较像一个怪里怪气的变态狂，而不像小偷。因此，我认为我必须主动。

在他开口之前，我赶紧带着罪恶感说道："克莉丝蒂说，我可以从你们这儿拿走废油。"

他打量着我，仿佛我刚刚说："我有一个叫史那福帕格斯[①]的假想朋友。"

"你要废油做什么？"

"我要拿来开车。"

他看着我的泵将那恶心的油吸入一个 5 加仑容量的容器里。

---

① 史那福帕格斯（Snuffleupagus），《芝麻街》里的长毛象布偶。

"你就直接将这东西倒入油箱?"

"我家里有一个像实验室的地方,就在谷仓里。但是,这蛮简单的。"

"所以你的燃料都是免费的?那些该死的规定。去哪里我可以弄一部这样的车?"

所以,又有一个人变成绿色公民了,但这只是开始。当我将废油注入容器,有8个以上的肯德基员工独自或成群地聚集在我四周,用植物油开车让他们感到十分惊奇。那地方就像有人搭了帐篷举行宗教复兴大会,而我发现自己正在发表一篇有关"碳中和"和石油公司获利的讲道。我忍不住这么做,因为听众听得如痴如醉。两个穿围裙的家伙站在油脂隔离器旁,要我为他们拍照。想想看,一年前,我甚至没有听过以植物油为动力的车,而再往前推进15年,我甚至还在肯德基用过餐呢!如果我的卡车最近排放的废气是某种征兆,不久我就会在违背意愿的情况下,再度光顾肯德基。我当然希望全民健保法案赶快通过。

燃料不是问题,短时间内不是。我所需要的,只是耐心而已。每一个人都可以拿到许多油脂。我开始看出,为什么在北美自由贸易协定中最圆熟的文化里,糖尿病会成为一个问题,但过度紧张绝对没必要。现在我只需避免引诱太多野生动物来到以前作为谷仓的宫保鸡丁工厂。

我也希望本郡的警长千万别未经电话告知就来做礼貌性拜访。现在,不只我的厨房有两打经常覆盖着一层绿色苜蓿叶的山羊注射筒,我的谷仓也常常煮着怪异、难闻的东西。清楚解释这一切可不是一件容易的事。

尽管事情的进展十分顺利,我那油腻腻的生活也带来了一些副作用:我几乎总是全身布满油脂,我的卡车方向盘、笔记本电脑、淋浴间把手和支票簿也是如此。当我试着转动门把时,我在地上滑倒了,就像演员迪克·凡·戴克(Dick Van Dyke)那样。唯有蒸汽弥漫的淋浴帮得了忙,但那也只是暂时的。但是,当我在怪峰农场的第一个冬天即将结束时,我已经有好几个月没有光顾商业加油站了,而时间还在延长。我甚至不记得旧的油箱是在哪一边。这才是重要的事。没有多加考虑,我就将爱速比放在克雷格分类广告网上拍卖了,但我指出那辆"和新的一样"的车子已经跑了30多万公里,因而稍稍破坏了行情。没有人来认真询问这辆车。

第四部

〉〉 太阳能化 〉〉

太阳能的使用之所以没有发展开来,是因为石油业没有拥有太阳。

——拉尔夫·纳德(Ralph Nader)

2007年第1季度,埃克森美孚公司的获利是92.8亿美金。

10

风车惊魂记

　　冬末的一天，当我开始将农场的电力转换成太阳能，口袋里的手机响了，但我无法接电话。理由很简单：如果我的右手自风车架松开，我会掉下去，再也爬不起来。我栖身在弓形的三合板上，而这三合板岌岌可危地竖立在怪峰农场水井上方9米的钢铁风车塔上。三合板很薄，且吱吱作响。

　　我尝试在一场风暴中，自这薄薄的"地板"上架起农场最先的3片太阳能板。风很强，如果是在佛罗里达州上方形成，它就会有一个名字。这些太阳能板将为我那部以太阳能为动力、十分昂贵的新抽水机提供电力。那部抽水机来自不雇用奴工也不在沃尔玛零售商品的丹麦。非洲乍得的穷人不会拥有这种抽水机。这部精致的机器已经被埋在地下43米深的米布雷斯地下水位中。

如果一切顺利，太阳会让我的水自43米深的地里抽上来，然后流到下方的农舍。我必须承认，这件事让我感到十分兴奋。一旦屋子有了水，我要用太阳能把水加热，然后农场的电力也要来自太阳能。我觉得我那以煤和天然气为动力的电网的日子即将结束了。

然而，为了享用"绿色"的水，我得熬过这个早晨，而依目前的情势看来，我的机会不大。事实上，在爬上风车的半途中，我的一只手抓不牢，松开了。我用另一只手试着将太阳能板的框架固定在风车上，而且只有我的脚趾趾尖碰得到用来支撑我和承包商的三合板。噢，老天，我可不想活到只有米布雷斯人认为是老的年纪就一命呜呼。

我仿佛从远处听到手机转到语音信箱的声音。我希望那是米雪儿打来的，她是这座山谷的一名老师，我爱上她的速度，比我可能屁股着地掉在地上的速度更快。撇开这个愉快的想法不谈，此刻我的整体情况，开始让我怀念起可以不带罪恶感打开水龙头或电灯的日子——在我明白我想从生活中除去水电费以前的日子。我怀念我可以不带罪恶感地忽略碳的时光。20世纪90年代是一个如此单纯的年代，步调很慢。

不，不——我让自己不再去想这种事。哇！看看眼前景色！老天，我可以从这里看到极远处。我注意到，远处下方的晒衣绳上，不只我的衣服被吹走了，衣夹也断裂成两半。我可以看到摇摇摆摆的晒衣绳以外的怪峰农场的3栋建筑物，现在它们就像姜饼屋般蹲在那儿。一块松脱的金属屋顶板在谷仓顶上狂乱地眨眼，甚至"罗特"看起来也很小。我对着下面的羊发出一声紧张兮兮的"嗯吧"（哇，它们——尤其它们的角——长大了），然后，我才想起我常常听到的一则忠告：爬风车和摩天大楼之类的高耸建筑物时，不要往下看。

一切都太迟了，我感到腹部落到地上，摔成二次元的东西，像一个没有气的篮球，然后又以橡皮圈的力道回到身体。我的视力应该集中在一个更好的方向。

因此，我往上看，但这也不是个好主意。现在吹的是一股《绿野仙踪》的奥兹国（Oz）以外的地方很少见的强风，云以一种几乎引起幻觉的速度行进。令人紧张不安的是，它们使得风车仿佛摇摇摆摆的，让我觉得死亡将至，就像一个坠落的梦，而这是一种狂野而令人眩晕的感觉。我以双臂抱住风车框架，试着弄清楚我所在的位置。然后，我让眼睛闭上片刻，而我可以听到羊儿以一种被风吹送的怪异和声回应我。我希望如果我掉下去，我不会落在它们身上，这是为它们着想，也是为我自己着想。我是不是提到它们的角长大了？

有片刻工夫，我走出自己的身体。撇开我那可怜无助的惊恐姿势不谈，我想象自己看起来很像旧照片里那些纽约高楼的建筑工人。我的帽子早就被吹走了，现在正在德州的某个地方。

我叹了一口气，而我甚至不能承认自己吓得魂飞魄散，这只会让情况变得更糟。一位诚实能干的水井专家会在这个时段来到这儿协助我，而此刻，他就位于我左边一米多的地方。他的名字是吉米·欧，他的行程排得比教宗的还长——我是指真正的教宗，而不是被称为"教宗威利"的乡村歌手威利·纳尔逊。经过足足6个月的游说后，我有幸花大钱请他大驾光临。那就像筹办犹太男孩的成年仪式（bar mitzvah）一样，连酒席承办都安排好了。我们不能因为春天的风碰巧选择在今天吹来，就重新安排行程吧。那也许我就得再等上几个月，甚至几年，他才会回来。因此，我不能求他饶我一命，只能强迫自己协助他开展这项计划，而这意味着我会这样说："哈啰，老兄，可不可以把那9.6厘米长的活动扳手递给我？

我想我能帮得上忙，虽然我并不觉得这样很好玩。这种高空荡秋千表演只是为了装设太阳能板，为了给那该死的抽水机提供动力。我甚至还无法照顾到屋子里的电力呢。

我试着让自己相信一件事：在一场原始风暴中，挂在一架离地9米高的风车上，是一种眺望的好方法——不只眺望我的土地，也眺望我的生命。而我可以看到两者的大部分——从我的视野来看，也从我在脑海里观看的整部"在我眼前闪过"的电影来看。有两次，当我和吉米·欧试着将3片125瓦的太阳能板安装在风车架上，强风差一点将我吹向德州。好消息是：如果我们真的成功拴紧必要的螺栓，太阳能板可能会永远留在正确的位置上——任何熬得过这股强风的东西，绝不会移动位置。

在1米多以外的地方，吉米·欧一派轻松自若，仿佛我们正在屋里打牌。事实上，他正在吹口哨。我不知道这是因为在过去20年的大部分时间，只要是清醒着，他都在风车上荡来荡去；或者是因为他已经用链条把自己拴在风车架构上。而我自己呢？我正在"自由爬升""自由降落"。我还不知道链条是有机生活制服的一部分呢。事实上，关于一般性的物竞天择，我不了解的一点是：生物如何在第一个关键性的达尔文式错误中存活下来？

然而，我明白，我还是很幸运的，因为我对我的水至少有部分控制权。未来25年内，拉斯维加斯和凤凰城这些城市的用水供应将面临重大危机，因为供应这些城市用水的水库持续枯竭。科罗拉多河这类的河流常常无法流到大海，因为亚利桑那州有太多乡村俱乐部。基本上，从当前的人口来看，凤凰城和拉斯维加斯这类城市根本无法存续，而且根本不该存在，然而它们却属于美国成长最迅速的地区。

数千年来，因为拥有独立的地下水资源和肥沃山谷，我所住的米布雷斯山谷在干燥的西南部，宛如一座绿洲；而且现在依旧如此。但是，如果"太多'吸管'——太多小住宅区的新水井——自这地下吸水"（套用一位自己插了许多'吸管'的房地产经纪人的话），那么这座绿洲就会消失。我不知按照目前的成长速度来看，我的水井可以持续抽水多久。

◆ 在美国，家庭用水占全国用水的1%，灌溉用水占39%；而世界上有11亿人口无法取得干净的水。

但是目前，一旦我的太阳能板竖立起来，它们就能够轻易地发挥作用。事实上，这套系统非常简单：太阳能板以太阳能点燃的硅移动电子，使抽水机以1分钟6加仑的速度，将原始的米布雷斯地下蓄水层的水抽上来。一天只需晒两小时太阳，抽水机就可以注满500加仑容量的生锈老旧的储水槽，而这个储水槽就被安置在18米外怪峰附近的圆石之中。农场的水会在不受地心引力影响的情况下，自地下水管流泻而下。这些水必须流经约37米才会到达我的屋子、淋浴间和洗碗槽。而如果风平息下来，让我能够在羊栏旁辟建一个能用以色列滴灌法灌溉的效率奇佳的种植区，那么水也会流到这个地方。

吉米·欧和他的儿子T. J.已经拆掉我那消耗过多能源的旧式电动抽水机，并以一个太阳能抽水机取而代之。我们只是把那座之前就存在了70年的风车当作一个非计划中的高空跳水平台，因为吉米·欧告诉我，相较于太阳能动力，一座古老风力涡轮机的维修费用，和交一位西部洛杉矶女友的花费一样惊人。这一点我倒是深信不疑。风车叶片嘎吱嘎吱呻吟着，像悬在我们头顶上方的一名酷刑的受害者，而且似乎随时会崩落，并在崩落的过程中将太阳能板砸碎，然后砍掉我和山羊的头。

说到掉落，我真的很诧异，半小时后，我竟然依旧活生生、安全无恙地踩在坚实的地上。我真的跑去亲吻地面了。

"嘿，风停了！"我才从风车架上跳下来，T.J. 便这么说。当然，风停了，它已经表达了自己。我伸展四肢，心想："老天，如果这一回大难不死，那就没有一样东西可以动我一根寒毛了。"但是，就在那一刻，梅莉莎从附近一处岩石平台跳下来伏击了我，它不假思索地跳了三米半远，就像纵身一跃、跳上一艘船的海盗。它落在我右边的阿喀琉斯腱（跟腱）上，让我在那天真正跌了一跤，而它只是想跟我打个招呼。当我靠着一棵桶状仙人掌痛苦地扭动时，它的鼻子往下凑近我的鼻子，然后它的嘴巴轻轻地咬我的鼻子。我注意到它的左耳后塞着一片可口的玫瑰花瓣。

"行了！"几分钟后，当吉米·欧将抽水机的线路接到太阳能板上，他大叫道。我一跛一跛走过去，注视着他安装在底层风车架上的水井控制箱。的确，3个绿色的 LED 灯箭头往上指着，令人精神为之一振。

我和吉米爬上约 20 米的上坡路，穿过和剃刀一样锐利的牧豆灌丛，然后我爬上梯子，来到储水槽那潜水艇似的开口。我躬身伸入洞穴般深邃的内部，只留两只脚在储水槽外。是呀，水清清楚楚地自入口水管流泻而入，但是，从剥落的水槽壁的外观和气味来看，我的三餐不会缺少金属。那里就像一座阿尔兹海默症工厂。

"你会喝这个储水槽里的水吗？"当我从梯子跳下来，我这样问吉米·欧。

他爬上梯子查看，声音自金属储水槽隆隆地穿越出来："嗯，也许……我可能会。当然，有何不可？你只要在开始饮用水槽里的水之前，把它冲洗几次。"

当吉米·欧斯库巴将身子伸入我的饮用水里，我想到了另一个问题。等到他浑身沾满铁锈爬下来，才向他提问："所以，吉米，我现在又受到地心引力的影响，但我不再使用以前的室内水压箱，在这种情况下，我在屋内会有足够的水压吗？"

我想从他的反应看来，我问了一个好问题。吉米·欧抬头看看我的水槽，然后低头看看下面的农舍，并在脑子里计算地球大气层内的地心引力。"当然，没问题，"最后他说，但是声音里有点犹豫,"我是说,也许你得在淋浴间转几圈,才会有水将你弄湿……"

当我和吉米穿着被扯破的衬衫穿过荆棘和羊,回到风车那边时,我一边思考着那个怪异的预兆,一边注意到一种非常骇人的气味。那气味来自水井遮蔽物附近,T. J. 正在那儿将两条水管重新接合在一起。他这样做是为了让水能够再度流向我的世界,因为新的抽水机已经被埋起来。那气味就像某种死去许久的东西混合着某种死去更久的东西的臭味。我不想无礼,搞不好 T. J. 最近吃了一大堆油腻的东西。但是当我走近时,我注意到水管、T. J. 的手,以及周围的多处沙漠已经被染成一片亮紫色。

"你在我的饮用水水管涂了什么紫色的东西?"我紧张兮兮地问。

"那只是一种去污剂,一种溶剂,"T. J. 愉快地说,"它叫紫色打底剂,是一种符合标准检验的东西。"

我的心跳停了一下,因为我要思考一件事:我那原本应该是绿色的生活,再度让我和世界上最毒的东西有了最亲密的接触。当我思考这件事时，T.J.补充说："另外，这东西会产生一种化学反应，让水管接合在一起。你可以说它打开了塑胶上的'毛细孔'。"

我的胃在翻腾。如果我必须以核废料为我的豆子浇水，我何必在米布雷斯山谷种豆子？

"这东西……安全吗？"我大胆问。

"啊，没问题的，我们一直在使用这东西。它已经获得许可，可使用于饮水设备。看见没？"他骄傲地让我看看滴着漆的罐子上的标签，"不过要是你碰到它，它会损害你的肝。"

"噢。"我小心翼翼地拿起一个空罐，罐上的标签上有一则忠告：万一你的皮肤接触那东西，你得"用力搓洗15分钟"。

等一下，我心里想。喝那东西没问题，但只要那东西碰到我的手指，它就会溶掉我最具复原力的器官？这不对劲。T.J.可能看懂了我的表情，因为他说："只要这东西干了，你就永远不必管它了。"

但我不太确定。由于太阳能正将冷水带到屋子里，所以有许多水管方面的工作等着我去做。如果我想使用太阳能热水，是否我也必须使用某种东西接合那些水管？我决定先不去留意这件事。现在我有绿色的用水供应了，即使提供用水的设备保证你每喝一口水，就要花上1美金。

11

现代弄蛇术

我不只因为制造了一座个人有毒废物场而感到紧张,也因为冬日将尽而在大自然界遭遇大麻烦。吉米·欧曾警告我要注意储水槽,因为我尚未安装浮阀——那是一种感应器,储水槽的水满了,它就会自动关掉抽水机。在一个阳光普照的日子(其实在一年的这个时候,天天都是阳光普照),到了上午 10 点左右,如果我没有关掉抽水机,储水槽的水就会溢出。我可以在晚上睡觉前再把它打开。

在我第一次使用太阳能供水的下午,我带着绿色公民的得意扬扬神情,走向多刺的牧豆以及怪峰阴影下的储水槽。那天早上,我忙着修剪羊蹄,无法早点去到那儿。但是,我带着微笑离开屋子,因为我那甘美、无氯的饮用水,在不耗一滴石油的情况下，流到了我的屋子。

这种得意扬扬的心情直到一条响尾蛇出现才消失。这条蛇和智利一样大，挡在我和水源之间。隔着大约1.5米远，我注意到，那条蛇的形状真的很像产酒的智利，而且它心情不佳，就像听到别人提起阿根廷时的智利人。当它察觉到我的存在时（大约在我察觉它之前的半秒钟），它将后半身竖立起来，约有3.5米高，发出令人毛骨悚然的咔嚓声，并且张开嘴，让我瞧瞧它的牙齿没有任何毛病。的确，那些獠牙保持着天生的样子，十分巨大，和阿拉伯人的弯刀一样弯。我不知道自己怎么会惹毛这个家伙。毫无疑问，它正在那座许久未用的储水槽下享用狐尾大林鼠，但我对这种小动物毫无兴趣，而我也这样告诉它。

"你要我做什么？"我问，并且开始往后退，去接受一次疼痛的牧豆针灸，"如果你想要的话，整座农场里所有的啮齿动物都是你的。"

然后，我的脑海闪过一个想法。也许正是因为我，此刻这个地区才会成为绝佳的蛇类栖地。我等到下午才去检查储水槽，而溢出的水已经在整个地区形成一个小水池。此刻，水池的水已经到达我的脚踝，这是方圆5公里内唯一的死水。理所当然，所有新墨西哥州的野生动物都会被它吸引过来的，如果没有回应晚餐铃声，这条恶魔般的巨蛇必然是个笨蛋。如果有了水而没有立即采取行动，沙漠就不会有生命。我打造了一座动物园，而我不希望我，我的羊、狗或猫，成为进食时间内被享用的大餐。

按照这条蛇目前的姿势来看，它就像那些神气十足地骑着摩托车的家伙（摩托车把手总是高过他们的脑袋）肩膀上的刺青。如果我在电影里看到这种仿佛出自漫画的蛇，我会认为太夸张了。当我朝着风车下坡后退，并邀请这条蛇继续享用它所能吞噬的一切，我认为上帝真是太仁慈了，才会让这种地球上最吓人的动物发出泄露行踪的噪音。我认为如果某种动物必须接近我的脚踝，才能咬上一口，那么"安静"对这动物而言绝对是有利的。

尽管我吓坏了（这是可以理解的），我还是觉得想发发牢骚。大多数人抱怨太阳能带来的麻烦时，会谈到抽水机有缺陷、承包商无能，或者太阳能板不够用。而我呢，我才完成第一部分的装设工作，一种《圣经》所提的恶魔就立即跑来阻挠我了。

现在我有一座蛇类出没的农场，这是一个无法逃避的问题,因为在等待浮阀送来并将之安装的那一个月,我必须每天检查储水槽两次。如果我无法接近那地方,水池便会扩大,引来更多蛇类。当我浑身颤抖地回到屋子时,我仔细思考这个问题。等到心跳大致恢复正常后,我打电话给莱西。

这位邻居一辈子都住在新墨西哥州,他的女儿也养了几只爬虫类宠物,因此,我认为他应该可以告诉我,除了拼命开枪,是否还有其他办法可以解决这个问题。不幸的是,由于莱西一辈子都住在新墨西哥州,所以我无法得知何时会碰到他处于那种与生俱来的"新时代"(New Agey)的心境中。这个三月的下午,当我惊慌失措地打电话给他,他就是坚定地、神秘兮兮地处在这种心境之中。当我向他告知我的情况,他说在路上碰到一条爬虫,意味着"一个有趣的心灵讯息,而在春天,这种经历饶富意义"。

听到这儿,我的心为之一沉。没有什么比陷入玄学心境的新墨西哥州人更没用了。

"你必须做的,"他告诉我,"就是问问自己,为什么此刻这条蛇来到你的生命中,而且正好来到你和你的水源之间。水是生命的灵药,你得想想:这件事试着向你传达什么信息?"

我似乎可以听到类似印第安笛声的背景音乐。但是老实说，我需要的是实用的建议，而不是哲理。例如他可以告诉我，如何使用一面泡过三氯甲烷的6米长渔网来捕那条蛇。

"这件事向我传达的信息是——如果我想关掉抽水机，它就会咬断我那该死的脚。"我说。

莱西开始告诉我，当我选择了拖延之道，分叉的蛇舌通常就代表我所面对的两条道路。在他开始谈论哪种水晶适用于这种处境之前，我决定到谷歌上查询如何除掉响尾蛇。然而事实证明，上网比莱西的天花乱坠更无用。我查到了维基百科时代网上一大堆相互矛盾、令人迷惑不解的建议。

一个网站以安慰的语气叫我不要操心如何捕捉响尾蛇，以及如何重新安置它们，因为"响尾蛇非常迟钝、非常柔顺，而且不轻易咬人。只要拿一根竿子将它弄到垃圾筒里，并盖好垃圾桶的盖子"。另一个博客则告诉我，响尾蛇属于速度最快、最具攻击性的蛇类，你最好的办法就是搬家。

我决定相信响尾蛇是最危险的动物。隔天早晨，我穿着一件防护衣去检查储水槽的水位。这套防护装包括使用链锯时所穿的那种加了衬垫的皮裤、自行车安全帽、厚厚的冬季靴子，以及一把开山刀。我站在门阶上，以令人满意的晃动声，拉出我那以 4 美金在沃尔玛买来的武器。然后，我在风车旁摆出迎战姿势，兴奋难耐，又觉得自己荒唐可笑，就像一个"末代武士"。

我捡了 20 块和拳头一样大的石头，然后，当我拿着拔出来的武器慢慢爬上山坡时，我先发制人地朝着老旧的金属储水槽区连续丢石头炮弹。我不认为我吓走了任何爬虫，但我确实在储水槽上制造了一些深深的凹痕。

可笑的是，我再也没有见到那条巨蛇，但我的恐惧并没有减退。我知道我的土地上至少有一条恼火的巨蛇，而这件事的主要效应就是：有好几个星期，不管是远处微风在三角叶杨间呢喃，还是一个朋友在你背后拉外套拉链，每一种声响都像来自一条爬过来的响尾蛇。我天天穿戴我的盔甲，而且几乎砍掉几处灌丛的顶端。

◆ 你可以自 18 米外听到响尾蛇尾部的咔嚓声。响尾蛇是聋子。

这是我的歇斯底里的一个有力证据——你绝不会把响尾蛇的嘎嘎作响误认为大自然界的其他东西。除了布什总统的记者招待会，也许地球上最恐怖的经历，就是看到响尾蛇的仇恨，并听到这种噪音制造者以刺耳的噪音来强调仇恨。我差点儿把一位联邦快递的邮差吓跑，因为当他过来递送滴灌系统的包裹时，他发现前来签收的，是一个穿皮裤、拿开山刀的疯子。尽管我的反应不怎么理性，但是爬虫类那种坚定、不退缩的性情，让我没有兴趣去认识它的微妙处（如果有的话）。我可以了解哺乳动物——即使一头美洲狮也有某种思考程序。但是谈到毒蛇，我宁愿它们离我远远的。我只能假定那条被我称为"智利"的蛇已经永远离开了，但我仍然密切留意它的踪迹，直至新浮阀让水池干涸后许久。有几个月，我的开山刀总是片刻不离身。

烤芥末响尾蛇

1/8 小匙芹菜粉

1/8 小匙磨碎芫荽

1/4 小匙红辣椒粉

1/4 小匙黑胡椒粉

1 小匙盐

1/2 杯洋葱，切成薄片

1 条中型响尾蛇，清洗干净，切段，每段 30 厘米

3 小匙第戎芥末酱（Dijon mustard）

- 把干香料、盐和洋葱充分混合。
- 将混合香料撒在蛇肉上。
- 一旦蛇肉裹上香料,以芥末酱充分搓揉,然后包裹起来腌1个小时。
- 以热火烤炙,盲到熟透(10—15分钟)。然后脱去武士装,享用蛇肉。

12

有毒的骚动

当我脑海里不再浮现蛇毒，我开始想起紫色毒物。我猜想，我所幻想的干净的生活方式，使我持续挂虑着 T. J. 那双紫色的手。不知怎么地，我往往会制造事实，让我最害怕的东西出现在我的生活里。也许这样做，我才能克服恐惧。不管原因是什么，当我持续将怪峰农场太阳能化，我对于紫色打底剂挥之不去的预感也被证实是正确的。在响尾蛇出现的一个星期内，那东西再度让我的生活变得臭气冲天。导致臭味重新出现的一连串事件，发生在我以惯常的日本武士装扮把那位勇敢的联邦快递邮差吓跑的几个小时后。

当我花了 9 分钟，等待我那被误以为"要热水就有热水"的电热水器让我冲个澡时（有时我会打开热水水龙头，然后去跑个步，并期待我回来时有热水），我接到一通赫比（Herbie）打来的电话。赫比以前不是嬉皮，但现在是。他留着一条灰色的马尾，今年63岁，银市的每个人都说他是一个"怪咖"。

赫比之所以得到这个名声，部分是因为他住在一间夯土屋里（一间仿佛出自电影《傻瓜大闹科学城》的屋子），部分是因为他自铜矿开采工作"退休"后就投入到全职的改革和煽动"暴民"的工作中。据说当市议员看到他的名字出现在评论用水和城市缺乏规划的公众意见表时，他们就当场辞职了。此外，他看起来就像一棵人形桦树（身高2.03米，体重52公斤）。赫比的激进主义来自他的信念：世界是一个充满爱和机会的地方，而不是一个充满竞争和贪婪的地方。只要听到你的故事，他就想助你一臂之力。因此，当他那晚打电话来，我并不感到意外。

"那么，你是认真在搞太阳能热水啰？"他问。他是指我和他、他的妻子盖儿在几个星期前一起吃午餐时，我所描述的一些令人大开眼界的光明前景。

"和那些为布什政权加糖衣的修正主义者一样认真。"现在正进入怪峰农场太阳能化的第二阶段，赫比打电话来的时机再恰当不过了。

"那我们就这么办吧。这就是你所需要的。"

赫比开始以专家行话列出一长串水管和机械零件的清单。当他说完时，我差不多睡着了。

"道格？"在我久久不做声后，他问，"你还在听吗？"

我立即醒来。"赫比，我不是一开始就跟你做过这些事的。我不知道什么是19毫米螺纹CPVC装置。我不知道你提到的那些东西是什么。"

"好吧，明天到艾德先生五金行的'为顾客帮倒忙'部门跟我碰面。我们会一起找到你所需的零件。"

赫比就是这样的人。他不只帮我摆脱怪峰农场的煤和石油动力，也记得我们一起吃午餐时，我曾随口提到我如何尝试避开那些箱形商店。

"现在我开着那辆'碳中和'新车，去店里买那些以汽油制造和运送的外国货。"我告诉赫比和盖儿。

在这个时候，我尽可能不去沃尔玛，尽可能不买它的烤鸡。我就像一个酒鬼，每进一次城，都要抗拒着去那里的冲动。但我仍然觉得自己很虚伪。没有一家店因为是本地店，就全进本地货（或者因此擅长为小镇的顾客服务）。除了买到劣质货，我还得忍受羞辱：每次我想退还一样劣等货，例如一把坏掉的台湾制螺丝刀，银市的艾迪先生五金行的一位经理就让我觉得自己像一名罪犯。

"你的收据呢?"他问,"你有没有把这东西弄湿?"

我不知道米布雷斯人去哪里买螺丝刀,但我觉得自己不得不坚守计划,断绝对沃尔玛的倚赖。我猜想我将光顾非连锁商店视为第一步,让自己为日后新墨西哥州出现真正卖本地产品的商店时,做好购物上的准备。此外,至少在艾德先生五金行,我让一位本郡居民(艾德)赚钱,而不是让一位阿肯色公司的股东赚钱。

在这期间,事实证明赫比是热水守护天使。当我们一起坐"罗特"到艾德先生五金行,他向我解释,只要我知道如何利用太阳,就几乎不用再付电费。他的计划是建造一种叫"面包箱收集器"的自制太阳能热水器,而他说我们可以在一天之内,就将那东西安置在我的屋子外。他告诉我,这个热水器会吸收许多热,所以我不必再使用我那几乎毫无效率的"要热水就有热水"的热水器。此外,这会让我每喝一口水的代价降低至90美分。

"太阳能是免费的,老弟,"他在车上这样告诉我,"而且阳光充足得很,人人都可利用。"

"是啊,但我刚刚又花了12 000美元订购太阳能板。"

"但是,一旦电网远离你的生活,你就开始收回成本了。"

我算了一下。"你说得没错,这个系统应该会在73年后收回成本。"

◆ 一个美国家庭平均要花4至6万美元购置太阳能设备,才能完全不必使用太阳能以外的动力。

"你把联邦税收优惠计算在内了吗?"

"噢,好吧,72年。"

◆ 太阳能税退税规定一直在改变。如果你想明白美国各州最新的太阳能税退税规定,你可以查询以下网站:http://www.dsireusa.org/。如果你想明白联邦太阳能税退税规定,你可以查询以下网站:http://www.energytaxincentives.org。

但是接着,赫比说了一些改变我生命的话。十年前,大多数的求生族(survivalist)都住在爱荷华州,且计划终结和我抱持相同信念的人。因此在当时的文明圈子,承认这样的事可不是一件符合时尚的事。

"这是看待代价的一种方式,"他说,"但是,如果电力公司没有了,你还是可以自太阳能获得电力。"

那一刻,当我在银市开车,让跟在我后面的司机不知不觉想去肯德基饱餐炸鸡时,我在脑里记下一件事:去买充足的备用零件,好让这种生活持续50或100年,直到社会以某种方式突然崩解。去买额外的太阳能板、额外的电池、额外的卡车零件、额外的蔬菜种子,以及许多用米捍卫这一切的军火。另外也要准备博尔赫斯(Borges)、道格拉斯·亚当斯(Douglas Adams)以及乔纳森·勒瑟姆(Jonathan Lethem)的所有著作。

听到我的决定时,赫比笑了。他告诉我:"你应该开始穿卡其服。"

赫比不只相信我们的热水装置可以用(数十年来,他一直以面包箱收集器加热水),也打定主意让我们的建造过程变得十分愉快。他打开乘客座位旁的窗,大声地、深深地吸了一口沙漠的空气。

"这才是消磨一个早晨的方式。"他说,仿佛我们正在一片草地采草莓。而这时候,我徒然地尝试将"罗特"停在艾德先生五金行的停车场外围。

"要买PVC管吗？"我问。

"去和朋友聚一聚，把某个人改变成太阳能使用者。"

当我们买中国制造但在当地贩售的水管零件时，五金行的一条走道上有告示牌写着："损害物品，必须购买——请自行负责"，而事实上，在这条走道的某处，我看见赫比没有看漏一件东西，一副十分欣赏眼前一切的模样。不管他看到的是五金行一位喜欢损人的经理，还是那天早上我那修剪得参差不齐的胡子，或是中国商品区一位女服务员的倒茶方式（他在那儿画出面包箱计划的图解，而我则在那儿游说老板让我到后面取废油），他对待每一个人的方式，就好像他第一次遇到那样的物种。

"你那条项链是在哪儿买的？"他问五金行的柜台小姐，"我从来没见过那种绿色。"由于他是以"嘿，老友"那种街角使用的细声私语来说这些话，所以问起来更具效果。

这使我不得不被同样的情绪所感染，但我不知道如果天天都有响尾蛇和五金行经理在身边潜行，你要如何培养这种充满爱的生活观。我没有想很久。不管是什么样的乐观精神和好脾气的瘟疫感染了我这位嬉皮朋友，这种瘟疫确实具有传染性。当我们找到了可以装设一栋摩天大楼的水管零件、防羊玻璃、黑色喷漆、铝箔以及紫色打底剂（我抗议，但无济于事），我发现我对一切微笑，仿佛我是一个在阳光普照的日子获得假释的犯人。秘诀就在于找到每个人心中的亮光，并且将注意力集中在那。

去过艾迪先生五金行，并刻意吃了一顿油腻的午餐后，我和赫比开着"罗特"到银市外围的J&S水管工程用品店。这间店后面——谁知道？——有一个锅炉弃置场，当承包商为客户买新锅炉时，他们就把旧锅炉丢在那儿。老板很高兴我们为了某种秘密用途，而回收两个1.5米长的铁制庞然大物。我注意到当我们把旧锅炉搬到"罗特"的装货台时，他们似乎早已习惯赫比的古怪举动，甚至不在乎赫比的朋友弗兰克已经带着摄影机加入我们，为某个公共电视台拍摄整个计划的执行过程。

那天下午回到怪峰农场后，我开始明白赫比是对的。设计太阳能面包箱真是再简单不过了。原则上，大部分的绿色生活都是如此。我只需在屋外制造一个大箱子，这个箱子会把水加热，再把热水送进屋子。箱子的设计造型其实是在对太阳说："送大量的热来这儿。"

我们剥掉40加仑容量的锅炉的金属薄板覆盖层，在这个过程中，我们的手都流血了，触目惊心。然后，我们将锅炉生锈的、像炸弹一样的核心区域漆成黑色，以让锅炉吸收最大量阳光。接下来，我们将两个锅炉装入一个我们已经敲打成适当形状，且以玻璃为正面的巨大"面包箱"，并将整个东西安置在一个阳光充沛的"风水"之地（不会造成妨碍，且面向南边）。然后，我们拿那些以有毒方式制造的铝箔壁纸装饰内部，这样做可以将更多阳光反射至黑色储水槽。这个4米高的结构物看起来就像——一个巨大的烤面包机。

若要完成这项计划，我们还需重新整理农舍的热水水管，让它们穿过连接的储水槽。就是这么简单，水会注满储水槽，而其他的事就交给阳光。无疑地，待在面包箱内就像待在放大镜下。在春季的第一天中午，当我们铺设铝箔时，面包箱内几乎热得我们无法干活。我们甚至以那些曾作为锅炉内衬的可怕玻璃纤维来隔离面包箱，因此，不论是早晨或冬天，这东西都会将农场的水加热。

◆ 到了2050年，再生能源（太阳能、风力和地热）大约将提供世界所需能源的一半。

就在这天,我真的变成了"红脖人"[①],天气就是这么热。无论如何,这一直是我的一项长期目标。在本地酒馆,农夫晒黑的皮肤,比阿根廷查科省人的黑皮肤更具吸引力。如果说我的脖子变红了,我的手则更红。由于我必须处理锐利的金属,所以到了下午两三点,我的工具就像参与过一场血淋淋的屠杀,我那因为住在沙漠而已经变得像鳄鱼爪的手指,现在看起来就像我刚刚打赢了一场激烈的街头格斗。直至今日,我的钻孔机仍然带着一种状似"瓜德洛普玛利亚"[②]的血渍。如果我手头紧,我会把它当成神迹来出售。在新墨西哥州,神迹总是能卖钱。

撇开受伤不谈,我们在喷出体内半数血小板的过程中,度过了一段很棒的旧式时光。赫比感到很兴奋,因为他数十年来几乎不用缴电费,而现在,他可以把这方面的技术传授给我。此外,他自己也精力充沛;因此,虽然太阳将我们晒昏了,我们还是能够继续干活。

"是什么因素让一个人愿意花时间为朋友建造太阳能热水器?"我问他。

[①] 红脖人(redneck),原指脖子被晒红的美国南部贫苦农夫。
[②] 瓜德洛普玛利亚(Virgin of Guadeloupe)是16世纪墨西哥天主教的一幅画像,是墨西哥人最喜欢的宗教、文化画像。

"数十年前,我无意间在银市一个具有历史价值的地段买了一些房地产。现在我年纪大了,政府寄给我一张支票,股市也寄给我一张支票。我不需要钱,况且我有很多空闲。"

"但你的手流血了。"我说。

"嘿,老弟,在到达屋子之前,你随时可以用加热至摄氏45度的热水冲澡和洗碗。如果你真想冲个蒸汽弥漫的澡,你就得有这么热的水,而且这是免费的。所以我劝你别为几次——他低头看看自己的手——差点'断手断脚'的经历而担心。"

赫比擦掉衬衫上凝固的血,并且摸摸我的头发,把我的头发弄乱,就像一个祖父。然后,他说:"我来这里的另一个原因:我得了第四期前列腺癌,所以我每天都要做我想做的事。"

赫比说这话时,就好像一个人在说:"嘿,你可不可以把那包钉子拿给我?"

事实上,那就是他所说的。"我每天都要做我想做的事。你可不可以把那包钉子拿给我?"

"给,"我说,这个消息让我非常震惊,"那……我是说,那你觉得怎么样?"

"我觉得好极了。原本我在三个月前就该离开人世,但我还在这儿。"

说这完全出乎我的意料,也只是一种避重就轻的说法。赫比了解我的表情在说些什么,所以他说:"我告诉你是因为我知道,你会以正确的方式来接受这件事。我们继续工作吧!"

他接着向我保证,到了傍晚,我那"目前以孟加拉每年能源产量的水平流出热水"的电热水器,几乎永远不必再启动了。我每一分钟都变得更加绿化,也在学习如何生活。

当我们爬入农舍阁楼,想将面包箱接通到我的热水管线,紫色打底剂的腐臭气味让我明白我们有问题了。赫比才撬开罐子,我就闻到那股气味,那股代表着矛盾生活的气味。当我明白摆在面前的是什么,我立即冲下梯子,换上我那套像太空装的防护衣——基本上,就是我的响尾蛇防护盔甲加上一副外科医生口罩。米布雷斯人不曾穿戴这些,但我已经打定主意,绝不让紫色打底剂接近我。

但我没有办法。按照那罐子的设计方式来看,一旦你奇迹似的把它撬开,你就无法让手指不浸到打底剂里。当赫比把罐子递给我,我沾染上那东西。我又试着在我那可笑的装扮上添加了厨房手套。但是，强力溶剂直接吃掉了乳胶。事实上，溶剂把乳胶粘在我手上被金属薄片割的伤口上了。

第一次出现这种情况时，我痉挛般跳了起来，而赫比则带着耐心有趣的神情转头看着我。老实说，我认为这个家伙一辈子不曾焦虑过，所以他看起来比实际年龄年轻了15岁。对于我这种人而言，那就像一名赛车手和一名阿米什（Amish）农夫厮混：我几乎天天都和忧虑为伍，即使只是因为我的羊袭击了我刚刚建造的玫瑰防御设施。

为了平息我的恐惧，赫比举起紫色手掌，以温和的语气说："唉，饮食中带一点紫罗兰色不会要你命的。我这辈子都在使用这东西，但我并没有因此翘辫子。让我得前列腺癌的是汉堡，不是紫色打底剂。"

"打底剂会损坏肝，这是我听到的。"

"那只是传言，你不会有事的。"

不管T. J.和赫比说什么，我仍然不相信这么紫的东西是无害的。他们得相信，因为他们天天和这东西为伍。但是，紫色打底剂只是我生活中的一种毒物。

在我们这个石油化学社会，我们比历史上任何其他文明接触到更多毒物。2006年，美国新增的癌症病例是140万。自我在长岛的超市购物起，"癌症"就一直让我紧张兮兮。我会听家人讨论《纽约时报》报道的最新致癌物，然后在超市的走道找出6号红色染剂或鸡皮，并且讶异于毒物竟然可以没有标示就在柜台出售。

让事情更可怕的是，总是不断有新东西被证实是致命的。这一天，你以为牛奶对你有益，但是隔天，牛奶里添加的生长激素却可能让你丧命。（在我小时候，有关维生素D会造成癌症还是能治疗癌症的说法改变了好几次。）有一次，我的社区对舞毒蛾（gypsy moth）发动了一次徒然的攻击，而在这次攻击中，那覆盖了这个社区的喷雾杀虫剂是"无害"的吗？抱歉，事实证明，那东西并非那么"无害"。到了青少年时期，我唯一的选择，就是经常紧张兮兮地以一种"一时接触不会致命"的哲学来过日子。在这期间，我的祖母熬过了两种癌症，我的母亲则熬过了一种癌症。我可不希望加入这个行列。

这就是我对紫色打底剂念念不忘的原因。它是每一种我希望离我十万八千里的毒物的象征。几分钟后，当赫比自阁楼爬下来，并借着在墙上敲出的洞为我送入更多水管时，我的神经已经绷得紧紧的了。我的口罩滑落，我吸入了那独一无二的气味；而我的脖子也很痒。如果这还不够，我的防护装备里的温度早已到达摄氏100度。因为我手上有那种可能破坏器官的物质，所以我无法处理这些问题。事实是——我吓坏了。我真的不希望任何致癌物潜入怪峰农场。希望我小时候吃的大麦克汉堡（一星期7个）没有在我的前列腺植入一颗定时炸弹。

与此同时，赫比给我的水管无法到达连接处（我必须将水管固定在连接处）。恼怒之中，我猜我猛拉了赫比那边的水管。他在下面轻声喊着，我并没有认真听："嘿，老弟，别拉得那么猛，接缝的水泥还没有足够的时间黏合呢。"

到了这个时候，由于流血以及沾染愈来愈多的紫色打底剂，我失去信心了。但是，当我跳下去，帮赫比补那处被他敲掉的墙时，他提醒我这项计划的崇高目的。

"嘿，你会为了操作钻孔机，而使用煤和汽油吗？"他问我。我知道他想说什么：我正在努力舍弃电网，让汽油远离我的生活。如果在初期阶段，一些有毒的紫色物质模糊了我原本的憧憬，我可以日后再来处理这个问题。一步一步慢慢来吧。

因此，当我的面包箱太阳能收集器大功告成，而赫比离开后（我邀请他到新的响尾蛇池塘游泳，但他拒绝了），我便以轻松而感激的心情带着莎迪去跑步。我关掉老旧的 7 000 瓦电热器，因为我知道待会儿回来时，我可以享受我的第一次太阳能淋浴。或者我应该说"我以为我知道"。回到屋子时，才关掉 iPod，我就感到事情大不妙。

我发誓我听到屋内某处传来喷泉般的声音。外面当然没有下雨——已经好几个月没有下雨了。那是一种十分愉悦的声音，让人联想到法国凡尔赛一个阳光普照的日子。但我并没有装喷泉。

我去检查厨房或浴室水槽的水龙头是否打开，但两处的水龙头都关着。然后我想到，也许这是超低音喇叭传来的一首劳里·安德森（Laurie Anderson）的歌，一首怪异、轻柔的歌。不是。嗯，也许外面没有下雨，但是当我打开卧室的门时，我看到自己走入了一场早春的倾盆大雨中，80 加仑的水哗啦哗啦地落在我那花了上千美金买来的新床垫上。水（确实是热水）透过烟雾报警器和灯自天花板流泻而下。"喜上加喜"的是，那天早上，我刚把床单剥下来洗了。

当我因为紫色打底剂而变得紧张兮兮时，赫比曾劝我不要太用力拉扯那尚未完全接合的水管。也许那时候，我应该更加留意他的话。我笑了笑，把这件事当成一个重大教训：

在未来的计划中，我必须使用非化石燃料制造的无毒水管和水泥。我穿上防护衣，爬入阁楼，让我的手指重新变紫。然后，我把床垫拖到外面晒干，但是有几天，我的羊把它当成跳入玫瑰花丛的弹簧垫。我裹着睡袋在外露宿，提防郊狼来袭。除了经常感到"蛇影幢幢"，我觉得这样做挺好玩的。

◆ 一家叫 Uponor 的芬兰公司（http://www.uponor-usa.com/）制造了一种叫 Aquapex 的水管材料。根据新墨西哥州太阳能设计工程师汤姆·杜菲（Tom Duffy, www.thesolar.biz）的说法，这种水管材料"不会让毒物渗入你的水中。"

这些太阳能热水器计划带来的滑稽、夸张的灾难让我大为分心，以致到了隔天晚上，当水管变干时，我已经忘了面包箱太阳能收集器可能真的发挥作用了。当我发现这一点时，我也同时明白了餐厅龙虾的最后时刻是什么光景。在我进入淋浴间的那一刻，淋浴的水至少达 80 摄氏度。赫比大大低估了面包箱的威力。当然，就如吉米·欧所预测的，我得在浴缸周围转几圈，才能百分之百确定有热水，但是当我这样做时,水已经变得太热了。我边大声尖叫,边光着身子冲到外面,皮肤还在冒烟。然后我发现,娜塔莉和梅莉莎被我的叫声吓得蜷缩在玫瑰花丛的一个角落里。

当我再度逮到潘恩姐妹蹂躏我最喜欢的黄金玫瑰时,我至少可以用火冒三丈来取代烫伤的疼痛。

"嘿,离开那地方,你们这些有反刍臭味的魔术师胡迪尼(Houdini)!"我大叫,但是效果大概和都市居民投票支持装设迪堡安全监控系统(Diebold)的效果差不多。

这些攻击玫瑰花的行为真是太过分了。那四棵植物的比较小的茎几乎都被啃掉叶子。我知道这件事意味着一个疑问:究竟谁才是怪峰农场的主人?对此,我很不高兴。这天晚上,我观察到了梅莉莎进入玫瑰园的方法——带着嘲弄的神情咬开那些马蹄铁型的"花园钉子"(我用这种钉子将那片用来围住玫瑰的鸡笼塑胶网固定在农舍周围的沙土上)。梅莉莎用牙齿将这些钉子一一甩到一旁,然后跳着凌波舞自围栏下穿过去。和往常一样,娜塔莉跟着它的妹妹进去。我必须说,它们咀嚼的声音让那些多刺的绿茎显得极为可口。它们嘎吱嘎吱嚼着,仿佛那是奥利奥奶油夹心巧克力饼干。

当我光着身子、带着烫伤目睹这一切时,我又和我所记得的其他几次一样,希望我在克雷格分类广告网搜寻的是"肉羊",而不是"乳羊"。如此一来,至少最后得意的是我,而不是羊。我刚刚自浴室跑出来,甚至还没穿上衣服,虽然全身湿答答的,但我仍两只手各抱起一只羊,将它们面朝下押到下面的羊栏,让它们暂停一切活动作为惩罚,而我则准备进行每周一次的围栏修理工作。好莱坞会在约翰·韦恩和克林·伊斯威特的电影里剪掉这样的情节,但这就是绿色农场主人的生活。至少露比没有在这儿目睹这一切,我想她会认为这种举止甚至比"挤羊奶"瑜伽更怪异。

装设了面包箱太阳能收集器后,有好几个星期,我的手指仍然依稀有些紫色痕迹。此外,即使洗了十几次,我最喜欢的Carhartt裤仍然带着引起幻觉的紫红色变形虫花纹污渍。但是,这些东西可以作为我和赫比一起合作的美好回忆。在我的面包箱装设好且开始运作的几个月后,这位老嬉皮仍然强壮得很,并且继续让当地的政客头痛。7月4日,我看到他骑着自行车在城里跑来跑去,不久之后,我收到一封他寄给社区邮寄名单的电子邮件。在这封电子邮件中,他揭露了银市市议会的一项计划:在一项私下交易中,将当地的水送给一位开发商。如果他能够战胜前列腺癌,我不会感到意外。

我的热水器终于装设完成，而且发挥作用，我淋浴时能立即就有热水，这让我节省了不少水。但是，水非常热，几乎烫掉我整个表皮层，让我看起来就像医学用的肌肉组织模型。然而，有了新的抽水机和面包箱太阳能收集器后，接下来的那个月，我付给电力公司的电费少了40%，而这还是在我于屋顶另外架设八片太阳能板，并且把农场所需的其余动力改为太阳能动力之前的事。照这种情形看来，我的太阳能设备的成本，可能只要70年就可以收回了。

◆ 有了太阳能后，怪峰农场在2007年6月使用了86度电网的电，而每户美国家庭一个月平均使用888度。

第五部

〉〉 成 长 〉〉

为土地奋斗是不够的,更重要的是享用土地。

——爱德华·艾比(Edward Abbey)

13

怪峰农场的现场视察

怪峰农场是一座农场，这意味着它应该生产食物，但是，农场所生产的第一批过剩食物却被拿来贿赂。嗯，我们还是把这件事称作政治捐献吧！不对，不对，这应该是送给邻居的一项善意的礼物。一个酷热的下午，当我和往常一样在谷仓熬煮一批油脂，而厨房也和往常一样散布着注射筒和绿色叶状物时，我突然注意到，农舍那800米长的"黑钻石滑雪道"（black diamond）等级的陡峭"车道"扬起了一片灰尘。有人正勇敢地踏上艾尔·欧特罗·拉多路，而此举本身就是一件大事。

从我的双筒望远镜望去，来者似乎是一辆官方的政府休旅车。没错！我慌了一下，以为我那些无害的医疗用品吸引政府官员前来调查。但是接下来,我想起我已经申请将怪峰农场归为"乡间地区",而这意味着政府必须针对这片土地的税额做一番彻底的重新评估。至少我希望这就是这名官员来访的目的。当我看到头顶上没有支援的直升机时,我松了一口气。

◆ 2%的美国人是农夫。

我得向这个郡证明,我在经营一座有效能的农场,而且我也想这么做,因为我刚刚从收音机听到一件事:人类使用的化石燃料,有80%是用在交通运输以及个人使用的产品上,例如食物里包含的碳里数。我在交通运输方面已经做得不错,因为我有一辆使用植物油的"罗特",而我接下来的目标就是食物。

另外还有一项讨喜的额外好处:如果地方政府相信我想成为一名合法的当地食物生产者(我自己也才刚刚相信这一点),我每年可以比农场的前主人少缴1 000美元的税。当我看清驶近的车辆时,我明白这个郡的估税员果真亲自前来查看这里的情况。这里不是"洛杉矶郡",不是投资银行业者可以随便将"农场"归为享有"减税优惠"的地方。这名估税员极可能知道每一位地产主人的名字，尤其知道会去投票的地产主人的名字。

我咯咯地笑了一下，就像一个胸有成竹的疯子。他来访的时机再恰当不过了，因为我的羊正在羊栏外，就在从车道看不到的地方觅食。当估税员和他的评估师下车，然后和我握手，怪峰农场的四脚动物立即采取行动。在那位估税员说出"你在申请书里所提到的山羊在哪儿"之前，他已经被两只难闻、乡间味十足的有角动物围攻了。羊儿跳到他身上，轻咬他烫平的口袋，而我则以一种近似消极攻击的冷淡语气说："这就是我在申请书提到的羊。"

评估员在一块石头上擦掉皮鞋上某种令人作呕的东西，然后我们开始参观农场。首先，我让他看看屋顶上那些阵仗惊人的新太阳能板，那就像出自电影《超时空接触》的东西。我有点儿觉得我在接受审判，因此，我认为应该针对这些设备如何运作展现我的知识。

"事实上，太阳能是一种核能，只不过核反应堆是在1.5亿公里以外，"我说，并指着太阳，"太阳为这12个高尔夫车电池充电，而这些电池为我的冰箱和超低音喇叭提供电力。

这里没有安然公司（Enron）的电压不足的问题。"

◆ 美国人每年大约丢弃 179 000 吨的电池。

"冬天也是这样吗？"他问，而他的表情似乎在说，"如果是这样，那么还有什么可争论的？"

"噢，是啊，除了我的电炉，一年到头，每样东西都可以使用太阳能，而我正打算以沼气炉来取代电炉，你可以直接自堆肥式马桶（composting toilet）收集天然气。在印度，这种事非常盛行。"

◆ 太阳能烤箱（sunoven.com）可以将食物加热到 400 度。

估税员没有多说，但是，显然我的一些话让他感到不太舒服。此外，我也注意到他汗流浃背，似乎需要一罐啤酒，但是我认为，如果我拿啤酒给他，会显得不专业。因此，我带领他们穿过怪峰农场，去到谷仓，12 只刚买来的鸡正在那儿下蛋，蛋很多，我根本吃不完。当我们参观过这个臭气冲天的围场，估税员在写字板写下一些东西，然后问我："你打算把这些羊和鸡用于商业用途吗？"

"啊,当然,"我说,希望我的语气带着一种不经意的自信,"我已经送了一些鸡蛋给承包商当小费了。明年我会有羊奶、芝士和双倍巧克力冰激凌。这些产品将在本地经济中扮演重要角色。"

估税员露出微笑。我刚刚说了两个神奇的字——"经济"。"我会核准你的申请。"他说,并在鸡舍里将笔插入口袋。

我眨眨眼。这个人刚刚为我省下一年1 000美元的开销,而我才明白这件事,他就补充一句:"如果你进城的话——我当然很喜欢新鲜鸡蛋。"

现在,我仔细打量这位官员。他穿着一件领尖有纽扣、和这地方格格不入的衬衫,显然也用发胶。由于本郡不是以严格诠释法律精神著称,因此我无从得知,这位估税员只是爱吃炒蛋,还是想对我传达别的讯息——他是不是正在要求一笔竞选捐献?

为了保险起见,我说:"当然,我永远乐于和人分享农场的收成。"

几个星期后,我就在最佳的"互惠"心态中,从容走入郡办公室,腋下夹着一盒怪峰农场出产的特优级鸡蛋。我告诉秘书:"我来这儿送蛋给估税员。"

她擦掉桌子上的首蓿,然后挥手叫我回去,因为估税员不在办公室。但是我想象我反应过度，将那盒鸡蛋轻轻推到一位评估师手中，眼睛则看着别的方向，就像在亚拉巴马州的路上被警察拦检时，将20美元塞入驾照和牌照之间那样。如果这是我在北美第一次行贿（后来我发现，我们的估税员其实是一个相当诚实的家伙），至少那是一种绿色有机行贿。怪峰农场成为官方认可的"乡间地区"，而我喜欢用我的产品来支付部分的财产税。

14

怪峰农场开了一间鸡肉自助餐店

我无法应付鸡的产品了。一个月前,我才从莱西的妹妹那儿取来这些鸡(她的鸡已经多得无法照顾了),而现在,我的冰箱里塞满了5打本地生产的有机鸡蛋。[在我开车载着刚取来的鸡回家时,卡车里的鸡也立即失控,因为即将过河时,我做了一次电影《正义先锋》(*Dukes of Hazzard*)式的跳跃,使得装这些鸡的箱子打开了。结果,那最后的1.6公里的行程就像出自恐怖大师希区柯克的一部电影。] 尽管我一天吃三四次精心烹饪的蛋卷、法式乳蛋饼,以及意大利烘蛋,我的蛋还是多得吃不完。蛋盒快用完了,而我几乎可以感觉我的动脉阻塞了。

你无法制止这些鸡。事实上,你不用花什么钱饲养它们,它们就会成为农场生活的乐趣。一个月只要花8美金买饲料，它们就成群结队在怪峰农场活蹦乱跳。只有每日在谷仓的小窝巢下蛋，并让我的胆固醇节节上升时，它们才会停下来。按照那些让谷仓吱嘎作响的声音来判断，对鸡来说，下蛋是一件大事。它们究竟是在那儿相互残杀，还是只是下蛋？当我去谷仓捡蛋时，那地方总是处处鸡毛。如果我别无办法，至少我可以把它们放到锅里炸一炸。那些鸡也吃我所有的有机垃圾，这大大减少了我用推车推去掩埋的东西。

◆ 弗吉尼亚州的农夫正在试验将家禽排泄物变成生物燃料。

当时我甚至不确定是否要养鸡，因为当我看到公鸡，我就想到它们会狠狠地啄你的小腿。但是莱西的妹妹让我相信，我不会后悔的。

"顺便带一只公鸡去吧！在一个有公有母的环境里，鸡会比较快乐。"她说。

"谁不是这样呢？"我说。

就这样，我让禽流感更加接近我的生活，也几乎立即有了自己的蛋白质来源。我又朝使用当地产品的目标迈进了一大步，而这件事几乎不费吹灰之力。那只公鸡总是在母鸡面前扮演护花使者的角色，对我也毕恭毕敬，也许这是因为它曾目睹我一周一次粗暴地将羊儿自玫瑰丛里抓出来。

但是到了五月，我也开始明白中国的经济所面临的压力。农场的鸡蛋生产已经失去控制，我害怕每天早上去谷仓捡蛋这件事，因为储存空间严重不足。如果你吃什么就像什么，那么早上我会啄着毯子从床上爬出来。我不知道如何处理这些蛋，难道我应该在下一个万圣节之前，把这些蛋分送给当地的小流氓？

马铃薯、胡椒和洋葱烘蛋

1颗马铃薯，切成小块

2小匙橄榄油

1颗洋葱，切成小块

1/2个红甜椒，切成薄片

5个蛋

1把新鲜的罗勒，切碎

1把新鲜的香芹，剁碎

1/2杯帕尔玛干酪，磨碎

一些压碎的红辣椒

一些盐

· 以中低火在加了橄榄油的长柄平底锅上将马铃薯煎 5 至 7 分钟，直至马铃薯变成暗金黄色。加入洋葱和甜椒，再煎 2 至 3 分钟。

· 在一只碗里打蛋，加入罗勒、香芹、干酪、辣椒和盐。将混合蛋液倒入平底锅里煎炒的马铃薯当中。

· 用一把叉子或利刀轻轻将混合蛋液从一边推向另一边，确保蛋液煎得均匀。继续这样做，直至 5 至 8 分钟后蛋液变硬，且边缘开始形成硬皮。

· 轻轻抖动锅柄。蛋液定型后，将锅子自炉子移开，在烤箱烘烤 3 至 5 分钟，直至蛋的顶端开始膨胀，并且变成暗金黄色。

· 让烘蛋变冷，再切成片，然后端上桌。

· 如果接下来感到呼吸急促，去找医生检查胆固醇，或者增加运动量。

· 若是烘蛋没有吃完（不太可能），可以把它放在密封的容器里，然后放入冰箱冷藏，最多可以冷藏一周。这是做冷意大利面包三明治的好材料。

一个美好的春日，当我和露比在早餐前跑半场马拉松时，她帮我解决了鸡蛋生产过剩的问题。在我们跑完且坐下来吃早餐后，我迫切地将一打鸡蛋塞给她，而她想给我钱。

"是啊，"我笑着说，"谢谢你陪我睡觉，谢谢你的友谊，以及我们一起经历的一切。那些蛋只要1.25美金。"

"嘿，别瞧不起这些蛋，在城里的合作社，它们可以卖3.89美金。"

我吃的鸡蛋沙拉差点哽在喉咙里。"你在开玩笑吧？真的吗？"

就像我是一名商业农夫似的〔如果不是《爱国者法案》(*Patriot Act*)，我会是一名商业农夫〕，六月初，我带着两打鸡蛋来到银市合作社。我认为也许经理凯瑟琳会想买这些蛋。

凯瑟琳把我那些乳脂色的产品打量一番，似乎颇为满意，然后告诉我，在她接受我的蛋之前，我得先填一份州的安全表格，把我自己登记为一名食品生产者。而这是因为这个世界一团糟，以及其他种种因素。我不喜欢这样，所以我开始把蛋卖给米布雷斯的那间新的合作社，它就位于怪峰农场的步行范围之内，且和"姐妹餐厅"位于同一条街。我出门一趟就可以把蛋交给他们，顺便搬运油脂。此外，那里的经理没有叫我填写政府的表格，而我也没有问他任何问题。

我把第一次卖蛋所得的两美金放入口袋里，心想，在下次的纳税申报单上，除了"山羊饲养者""作家"，以及"无可救药的网络极客"，我是否必须另外申报自己是"养鸡场主人"。可以想象，我会有数十美元的利润，我将成为有机养鸡大亨，我的前途真是不可限量！

如果你想了解，接下来在我那刚刚起步的农场生涯中所发生的事，你就会知道，到了春末，我和米雪儿已经变得难舍难分了。这位历史老师兼瑜伽老师兼具内在美和外在美，展现了我心目中理想女人必须具备的三种特质：心地善良、有幽默感，并且精通水管维修技能。我对她一见钟情，经过两三个月的徒步旅行约会后，我的半个衣橱里突然出现了不相称的吊带衫和裙子。当我三更半夜一个人在高速公路开车时，我终于可以打电话给某个人了。

问题是——怪峰农场的动物也喜欢她。当米雪儿必须强迫自己天一亮就到镇上工作时，她必须关上农舍的宠物门，否则莎迪会跟着她跑30多公里到镇上。（这意味着这只失望的狗会被锁在里面一两个小时，直到我醒来，并展开早晨例行的喂食工作。）而这会让它无法履行契约规定的义务，即农场看守狗的工作。

我的鸡就是因为这样而碰上了大麻烦。六月的一个早晨，我以一部大自然纪录片开始了一天的新生活。这部纪录片永远改变了我一贯支持掠食者的倾向，让我转而支持猎物。确切地说，一阵尖锐刺耳的咯咯声把我从愉悦生动的梦境中吵醒。我认为如果小甜甜布兰妮的前夫凯文·费德林（kevin Federline）又订婚了，那么他的新未婚妻的母亲所发出的尖叫声，会很像我现在所听见的噪音，而这绝不是你在一大早就想听见的声音。

我光着身子、昏昏沉沉自屋子的主卧室冲出来，迎接我的，却是一只全速跳过推拉式玻璃窗、惊恐万分的鸡。那是我最会生蛋的鸡，一只被称为"伟大的红毛下蛋者"的罗德岛红鸡。在我不敢置信地揉揉惺忪睡眼之前，一只张牙舞爪的红毛郊狼就跟在它后面约30厘米的地方，而它离玻璃窗另一边的我大概也只有30厘米。

就近观看这一幕是一件既奇妙又可怕的事，而且，以这种方式醒来未免太仓促了。一场原始的追逐戏正在上演，追逐者是一只无法选择在合作社购物的动物。"伟大的红毛下蛋者"朝我看了一眼，仿佛是在高声呼喊："警卫！"

至于郊狼，它可不像卡通里的狼。它毛皮光滑、行动迅捷、非常健壮，显然没有携带铁砧或 Acme 公司所生产的工具。我惊恐地看着就在我那几乎已达军事防御级的仅存玫瑰的围栏外，这只犬科动物熟练地以牙齿叼起"伟大的红毛下蛋者"，而它那奔驰的脚步不曾稍停。就我目击所见，这只掠食者甚至没有穿 Super-Jet 溜冰鞋，而且附近没有悬崖让它摔落，也没有迎面而来的卡车让它放慢脚步。

当我和莎迪冲到外面，并以各自的语言大叫："嘿！给我放下来！"郊狼其实正做着相反的事。在我察觉自己光着脚丫子，而脚趾已布满刺之前，它已经跑到怪峰农场的山麓丘陵上了。

隔天，莎迪开始巡逻。当米雪儿匆匆起身去上班时，我强迫自己起床，然后跳了一下踢踏舞，让我的狗分心，直到我的女朋友离去；再打开宠物门，让莎迪可以监视农场。尽管那一天鸡没有受到攻击，但幸存的鸡已经吓得停止下蛋了。

我们认为那只郊狼离开了。为了百分之百确定，莎迪做了一件使我无法入睡的事——尽可能不断地大声宣布："怪峰农场的鸡肉早餐店关门了，此宣告立即生效。"它开始对着空气中任何可疑的动静吠叫，就像一个人对着任何移动的东西开枪,事后才问问题。显然它为这次的伤亡深深自责。

而我呢?我也出乎意料地难过。我知道如果我想在一个健康的生态系统里饲养任何动物,我就得打起精神面对生死的循环。况且套句农场主常说的话:"那只是一只鸡。"但那是"伟大的红毛下蛋者",是一只怪峰农场的鸡。接下来的几天,我总是觉得有点儿难过。

米雪儿接下来的工作日是在三天后,由于前一晚我们睡得很少[我记得我们在凌晨三点做塔布里沙拉(tabuli)和巧克力布丁],因此,我们又让宠物门关着,免得我把自己累死。(米雪儿有着结实的身材、充沛的活力,以及一双大得不能再大的蓝眼睛,显然永远不需要睡眠。)

结果早上7:00,那部"大自然纪录片"又在我眼前重播。这一次,我失去了我的公鸡,以及黑毛母鸡阿加莎刚刚孵出来的两只小鸡。阿加莎侥幸逃过一劫,只有尾巴羽毛被搅乱,但是当我发现它蜷缩在一棵杜松下,我明白它得了"创伤后应激障碍"。那不是一个顺利的日子。那一晚,米雪儿回来时,发现她那火冒三丈的男友带着一罐啤酒、一部笔记本电脑和一把猎枪坐在门廊上。

"想看《嘻呵》①吗?"她问,且将猎枪的枪管推向一个比较安全的方向。

"迪克回来了,"我说,"我们只剩6只鸡。"

我把那只郊狼取名为迪克·钱尼②。显然它来侦察过地形,也观察到了我和米雪儿的关系发展,并且研究了我们的作息,甚至可能研究了我们求爱的亲密细节。它住在隐秘处,而我们的卧室显然在那地方的监视范围之内。它使用传统的科学观察技巧,判定在一天之中的哪两个小时,鸡会离开栖息地,且不受莎迪看管(每星期,这种情形会发生四次)。它会甘心乐意地等待米雪儿不再睡在农场。对我而言,那是一种高层次的思考能力。

一旦我明白这种情形,我开始看出,为什么一个世纪以来,虽然政府以人民的纳税钱积极去消灭这些犬科动物,但成效却比总统候选人弗瑞德·汤普森(Fred Thompson)的竞选策略更差。人们持续漫无计划地往郊狼的地盘发展,看见郊狼的机会越来越多。虽然我很难过、很失望,并且一直想着消失的蛋白质,但这个事实却很难不在我的脑海留

---

① 《嘻呵》(Hee-Hao),电视综艺节目。
② 美国前副总统的名字。

下深刻的印象。

即使此刻郊狼停止攻击我的鸡,情况也已经够糟了。农场每日的鸡蛋产量从6颗降至0颗,我的母鸡在情绪上受到重大打击,常常在进食时间以愠怒的眼光瞪视着我。我开始明白,为什么英文 brooding 原本是指"孵蛋",但也可指"忧思",而 chickenshit 原本是指"鸡屎",但也可以指"胆小"。

然而,屠杀并没有就此结束。一旦迪克·钱尼明白我们看透它的计谋,它就想出一个新战略:悄悄等到我和莎迪下午跑步时才展开行动。即使两个人和一只澳洲牧牛犬联手,也斗不过这只该死的、狡猾的野狼。在上次攻击事件后大约一个星期,我和莎迪在外面跑了一个小时,当我们汗流浃背、气喘吁吁地回到农场时,我还是发现,又有两只鸡失踪了。

我不知道郊狼如何迅速地吃掉它们,我回到家时,只看到一堆羽毛。和人类父母不同,显然郊狼的父母没有教导孩子用餐礼仪。与其说它咀嚼,不如说它在这儿狼吞虎咽。根本没有时间和它谈判,更遑论进行猎枪外交政策。

又过了两天,我只剩两只吓呆的母鸡——阿加莎和一只叫"灰毛淑女"的灰毛母鸡。屠杀开始时,它们幸运地躲在谷仓里。这两名幸存者身上出现了明显的进化迹象，它们已经想出如何整天蜷缩在谷仓里，熬过生命中这段可怕的时光。我唯一的安慰是：我早就完成羊栏工程，而且羊栏很坚固，可以制止迪克·钱尼觊觎潘恩姐妹。或者迪克可能害怕梅莉莎的角，而它的确应该害怕。

其实我不能怪郊狼。关于这件事，我认为唯一的公平看法是：我必须承认，如果我会去买本地出产的新鲜鸡肉，为什么迪克·钱尼不呢？它那低脂、高蛋白的饮食，几乎是在没有碳里数的情况下获得的。它可是一个环保分子呢。

尽管郊狼不再来攻击鸡，但我不再有勇敢的鸡，只有两只吓呆的母鸡，它们蹲坐着，就像巴格达的居民。因此，迪克·钱尼改变战略，转而去偷袭谷仓外的废油。那些废油的容器里仍然隐约含有"姐妹餐厅"的鲁本三明治的精华，郊狼当然抗拒不了这种美味。

和副总统迪克·钱尼不同的是，这只郊狼显然不想离开。这两只鸡当然不是地球上最聪明的物种，为了确保它们不再成为快餐，我唯一的选择，就是以铁丝网保护容易穿过的鸡舍，如此一来，唯有我亲自在那儿坐镇监控时，它们才算是放山鸡。米雪儿的一个朋友打算送我一只公鸡，而我则前往银市的 JD's 饲料店买替代的小鸡。

14 怪峰农场开了一间鸡肉自助餐店

此时，在我逃过了洪水以及数次郊狼攻击的劫难后，公开承认右倾的 JD's 饲料店的员工，终于把我当成一名真正的农场经营者，尽管我是个怪人，尽管我的牛仔帽常常插着一朵野花。在这个美好的六月清晨，我走到饲料店的柜台，那地方被一群祖父母和阿帕契印第安人打过仗的人围绕着。我花半小时反击并讨论某种混合甜谷物优于另一种非混合甜谷物，而我希望他们没有将我当成电影《神勇三蛟龙》(*The Three Amigos*)里的切维依·蔡斯（Chevy Chase）。然后，我进入了正题。

"我需要一大堆鸡，"我对员工温蒂说，她扎辫子，穿着紧身的 Wranglers 牛仔裤，"至少需要 8 只。"

"后面有 8 只！"温蒂大声说。然后，她带我到一只笼子那儿，就像办公室用品店的经理带我去看打印机碳粉在什么地方。"碰上郊狼了，是不是？"她以共和党人的方式将郊狼的英文 coyote 念成 KIE-yote。

"聪明的混蛋。"我说。

"比我认识的一些家伙还聪明，"她说，"过去一星期，我们已经卖了 100 只鸡。"

2007 年，许多地方都领教了迪克·钱尼的狡猾。

那一晚，喂食时间过后，米布雷斯新合作社的派特打电话来问我，为什么我突然不再送蛋过去，尽管我有一个令人振奋的开始。我流着泪向她解释，我住在一个特别的"动物星球"，而掠食者赢了。"那真是血腥，真令人难过，唯一的好处是，我可以感觉到，我的胆固醇降低了。"

挂掉电话后，我明白我可靠的蛋白质（如果必须是自己生产的话）将来自明年春天羊儿生产后所分泌的奶。至少在我的第二代小鸡开始下蛋之前是如此。至于其余的饮食，农艺将使我不必再光顾银市那些价格十分吸引人的智利产品区。

15

菜鸟枪手

我已经尝试过另一种取用当地食物的方法：打猎。秋天时，我以为一只鹿可以提供我一年所需的蛋白质，但我错了。他们说，你的血型决定你是农夫还是猎人兼采集者的后代，但是，我的选择和遗传学无关，倒是和我不善使用枪支有关。事实上，一个可怕的小疤痕证明了我曾在几乎丧命的情况下，尝试成为一只自给自足的食肉动物。我应该明白，我已经证明了一件事：在枪手排行榜上，我的排名甚至落后于我小时候熟悉的那些笨拙但喜欢户外生活的人物，例如多尔夫（Dorf）和卡通人物艾默·法德（Elmer Fudd）。

我不曾使用过来复枪，所以我认为聪明的做法是：猎鹿季开始之前，先做好一些准备工作。在我登记参加本州的打猎抽签后,我开始和本地那些"爱玩枪的疯子"(其实就是新墨西哥州南部的多数男人)一起打起鬼主意。

去年秋天,我第一次出去射击是和朋友安特在十月一个阳光普照的下午,一起去参加格兰特郡(Grant County)射击场的射击训练课。我曾在阿拉斯加玩过猎枪,但我甚至不知道如何为那种可以射死北美黑尾鹿(mule deer)的来复枪装子弹。当安特同意借给我一把30.07(不管这是什么意思)的枪,他坚持我必须待在射击场,并和那群听拉什·林堡(Rush Limbaugh)广播节目的家伙一起上一堂安全防护课。我完全同意这种做法,甚至也买了一顶橘色的棒球帽。

"这玩意儿会踢你一脚,像驴子那样。"当我们将武器从盒子里拿出来,安特这样警告我。

太棒了,我们可以将探测器放在火星,但我们做不出一种不会让肩膀脱臼的枪?在安特告诉我这件事之前,我已经去过一趟沃尔玛,退还原先为训练课购买的那些不合口径的子弹(没有人质问我)。在枪和子弹的事上,新墨西哥人不会等上5分钟,更别提5天。此地的孩子从来没听过独立战争的英雄莱克星顿(Lexington)和康科德(Concord),但是他们可以一字不差地背出让人民可以合法拥有武器的《宪法第二修正案》。当东岸的民主党人开始明白这一点，也许他们可以开始在西部获得一些选票。在这里，《第二修正案》不是关乎手枪和犯罪，而是关乎肉和鹿角，以及啤酒。

在射击场上，莎迪躲在驾驶座下，而我和安特则对着自由主义者、恐怖分子和环保人士的剪纸噼里啪啦地射击。当我瞄准时，安特调整我的手、肩膀和脚的姿势，直至我大致呈现一种活套结的形状。安特警告我要留意"瞄准器眼伤"[①]。当你没有稳住枪托，且让脸远离瞄准所用的放大镜时，你就会碰到"瞄准器眼伤"这种坏事。

那一天，我主要学到一件事：用来复枪来射击绝非只是扣动扳机而已。你得校正瞄准器，调整正式的射击位置，塞入耳塞，检查周围环境是否安全，将子弹装入弹膛，然后祷告。我计算出每一次射击时，我就得记住54件事，多于发动柴油车之前必须记住的事。由于每一回我差点儿犯下致命的错误时，安特总是在那儿制止我，因此那天，我的命中率是扎扎实实的30%。但是，由于必须得消化这么多资讯，所以

---

① 瞄准器眼伤（Scope Eye），指被瞄准时的反冲力弄伤眼睛。

我决定一星期后（在我的肩膀消肿后）于怪峰农场再做一次练习。

我穿过一块长满草丛的地（我希望有一天，这块地变成我的菜园），在大约140米外的地界栅栏上放置一个小花盆，然后走回晒衣绳那儿。我把那个吓人的东西装上子弹，然后瞄准。在安特给我的安全建议中，我大约记得27个。

记得50%的安全建议不算太坏，但我紧张兮兮的，某些事让我心神不宁。手中有一把枪不是一种好的感觉，但我还是克服了一种强烈的达尔文式的犹豫不决，把自己扭曲成正式的射击姿势。说来再恰当不过了，这种姿势叫"改造的公驴"（Modified Jackass）。接着，我扣下扳机。

当我恢复意识时，我觉得很矛盾。一方面，从我的太阳穴、前额和鼻子的抽痛中，我明白自己显然还活着，这让我松了一口气，因为大致而言，继续活下去是我的目标。但是另一方面，浓稠的鲜红色血滴正以一秒钟的间隔从右眼上方滴下来，而其实，我的脸和头部的整个右半边都在痛。最先的那种放心的感觉胜过疼痛的感觉。事实上，当我看见我命中目标（花盆的一半被轰掉了），这种放心的感觉更加高涨了。我跟跟跄跄走进屋里，以芦荟堵住并治疗伤口。这是一个典型的"瞄准器眼伤"的实例。

"放弃打猎吧!"我对着镜中那个惊恐地注视着我的吓人家伙说,"经历四五次脑震荡后,即使国家橄榄球大联盟的四分卫都会喊停。"自从我开始过着这种简朴的乡间生活后,在我和羊扭斗以及进行一般性的农场维修工作当中,我的头部至少受过六次伤,而皮肤也有可能引发破伤风的刺伤。但是,这一次的伤势显然最严重。直至今日,我的脸上仍然带着疤痕。

我没有放弃。在疼痛中,我学到了教训——用枪的第28条注意事项:将来复枪抵住肩膀,以减缓反冲力。然后,当猎鹿季节到来时,有4个愉快的日子,我和莎迪在新墨西哥州跑来跑去,只不过我们没有看到比兔子大的东西。一直到我回家,且在通往农场的最后那段路上差点撞上3头可以合法射击的公鹿后(在新规则限定我的合法猎区之前,这些鹿都是我的绝佳射击目标),我才从朋友乔伊那儿得知:1.如果我带着一只狗去打猎,没有一头脑袋正常的鹿,会出现在离我约一公里半以内的地方;2.带狗去打猎是违法的。

活到老，学到老。从好的一面来说，也许在新墨西哥州的历史上，只有我这位猎人在拿枪瞄准晚餐时，会带着可以无线上网的笔记本电脑。因此，我从自己设置的猎鹿埋伏处发送出许多精彩的电子邮件给朋友，向他们描述落日，以及生存的诗意。为了这趟狩猎之旅，我打包了一些当地的墨西哥豆子卷饼，因此，我和莎迪也吃得很好，而且我们边用餐，边听美国国家公共广播电台（NPR）。

听到这个悲惨故事后，乔伊十分同情我。冬天时，他两次带我一起去猎鸟。他告诉我，有几年，他一直靠着鹌鹑、鸽子和沙漠的野兔过活。这似乎是一个开展狩猎的好方法，虽然射击鸽子这种普遍的和平象征，让我感到有点儿良心不安。但我不需担心，在两天的打猎之旅结束时，我们的总成绩是：

乔伊：11只鹌鹑，16只鸽子，5只野兔
我：1只长满虫的野兔

我不确定这件事是否只是和枪法有关（乔伊已经有55年的打猎经验），或者和我对于射死无辜鸽子所怀的矛盾情绪也有关。无论如何，我学到的教训是：我不打算借由打猎来填满食物贮藏室，至少在第一年如此。我考虑学习以弓箭打猎，这种打猎法似乎比弹药和枪弹更具永续性。但是，如果说我最早的祖先不是农夫，就是猎人兼采集者，那么现在，你大可以把"猎人"部分删除。我将种植食物，否则就会饿死，或者被迫回去买旋转式烤肉机烤好的鸡。

16

小鸡有理由担心

你不能只是往沙漠撒种子,然后期待三个月后坐享其成。即使仙人掌以外的东西奇迹似的长出来了,也会突然大受当地野生动物的欢迎,以致你最有利的选择,就是回去当猎人。别的动物不提,新墨西哥州的松鼠爱极了蔬菜,所以那位卖我有机苹果幼苗且爱打鬼主意的农夫杜德利告诉我,我可以考虑使用那种装有撬开式金属夹的害兽诱捕器。我在怪峰农场的谷仓,找到一些前主人留下的这类陷阱,但我不敢接近那些东西。

◆ 沙漠化和其他土地状况恶化,可能是 30% 的温室气体排放的肇因。

我觉得很丧气，所以我问："我该不厌其烦去种农作物吗？"

"不那样做，就是放弃。"他建议。

"你是说回去光顾达美乐滋比萨店和超市？"

"那确实是你唯一的选择。"

"也许这种情形不会持续太久。"

"没错。"

因此，我开始在沙漠当起一名有机绅士农夫，而我的第一项工作，就是围起一块种植区，但是在一年的这个时候，甚至连太阳黑子都开始认为，这座山谷有点儿太热。在朋友阿巴特的协助下，我在羊栏旁边竖起了一圈大约140平方米的蛋形防兽围栏。我选择这个地点是因为这儿地势平坦，而且一条来自水井的水管可以直达。

竖立围栏是一项艰辛的工作：你得让围栏维持紧绷状态，否则它会自中间崩落，像布什总统的支持率一样。我们花了5个长长的工作日才大功告成。让这项工作更复杂的是：阿巴特是信仰非暴力、平等主义的"彩虹家族"（Rainbow Family）的成员，而这意味着大麻是他"信仰"的一部分。我认为尝试尊重别人的"信仰"是很重要的，而阿巴特对自己的"信仰"保持着一丝不苟的严谨态度。你可以说他是一个正统派。

最后，我终于觉得围栏似乎完成了，虽然不像我预想的那样整齐划一。它高约 1.5 米，稳固得可以把山羊阻挡在外。有一两天，我很满意，但后来，我得知麋鹿可以跳到 2.5 米高，而且就和走人行道一样不费功夫。因此，我将一百多根竹子编入整个围栏的顶端。那些竹子是邻居皮特曼（Pittman）先生种的，而且是我以日后收成的一部分交换而来的。这样做让整个地区带着些许"现代启示录"的气氛。我想象自己打电话给本州的渔猎局，向他们询问吃一头被竹子刺死的麋鹿是否合法。

然后，我必须将铁丝网在整块地的周围往下深埋 30 厘米，因为杜德利告诉我，那些该死的穴松鼠（burrowing squirrels）可以钻到新围栏底下。当我在脱水状态中开展工作时，我明白我必须生产大量食物，才能赚回我在播下一粒种子之前所耗掉的卡路里。

围篱完成后，我仍然无法开始播种。假冒成"土壤"的撒哈拉沙漠般的沙子是沙漠耕种的头号问题，因此我得整顿，理清并拼装水管、阀子和栓子构成的拜占庭式网状结构物，这个结构物将组成我的滴灌系统。这些东西被送来时，全部盘绕在一个巨大的箱子内，当我打开箱子，它们就朝着我蹦跳出来，像"蹦出小丑的魔术盒"（jack-in-the-box）。

◆ 每年大约有 16 万平方米的土地失去植被。

如果我打算在新的种植区连接这个系统的 1542 个零件（许多是极小的零件），我就必须在水管打滴水的洞、规划作物的间隔，并设置定时器。基本上这是我天生不擅长的那套设计、建造技术。小时候，我不太会玩积木。我不是园艺大师麦可·波伦（Michael Pollan），也不是建筑大师弗兰克·洛伊·莱特（Frank Lloyd Wright）。

然而，一旦我的灌溉迷宫设置完成了，我相信这个系统如果没有因为我装设不当而不慎"滴水"，我可以马上储存到数千加仑的水。但实际是，我又花了几天的时间塞住这些漏口。

现在是施肥的时候了。在这方面，怪峰农场不虞匮乏。如果山羊农场不是肥料工厂的话，那么它什么也不是。我开始在打扫羊栏时，将羊的排泄物和干草取出，丢入种植区。这不是一件容易的事，因为当我推着手推车时，梅莉莎总是喜欢跑来搭便车。但是，每一位邻居都告诉我，这种混合物是理想的肥料覆盖物，虽然在我看来，我得到的并不怎么像特别肥沃的土壤，倒是比较像覆盖着羊粪的沙漠。

但我还是开始播种了，令我欣喜若狂的是，种子发芽了！一天早上，当我和米雪儿注意到，最先长出的豌豆豆荚已开始爬上网状支架时，我们在种植区周围手舞足蹈，就像树林中的精灵。为了符合使用当地产品过活的信念，我的菜园主要种植米布雷斯的3种作物：玉米、豆子和南瓜。这正是我那些一度非常成功的前辈所种植的东西，而且也许他们就在同一个地方种植。这些都是新墨西哥州西南部的作物。此外，我也尝试种植我喜爱的其他作物，例如本地的"米布雷斯绿色大辣椒"，非本地的茄子、抱子甘蓝、青花椰菜、瑞士甜菜、番茄、豌豆、韭菜、胡萝卜、小黄瓜、栉瓜、莴苣和甜菜头。那是一个广大的种植区，我想我会把过剩的作物拿去和别人交易。

◆ 公元1000年，我所住的郡据估计有9 000人，今日则有31 250人。

滴灌系统发挥了神奇功效，虽然它的主要功用似乎是助长了几乎是超自然生长的杂草。每天有两三个小时，这些讨厌的杂草心满意足地享受着大量意外滴在它们身上的水。此外，它们知道有个讨厌的农夫会随时回来拔掉它们，因此它们往往长得比脱口秀主持人丹尼斯·米勒（Dennis Miller）的独白更加锐利。就在那些本应该生长本地玉米的土壤上，种类惊人的杂草以每日60厘米的速度生长着。长相像葫芦的疯狂植物，以及根部延伸到中国、有黏性分泌物的小野花纷纷入侵菜园，就像从魔术师的衣袖冒出来的花。一夜之间，一种叫刺苋的恼人植物的一千条藤蔓，像色狼般缠住我的塑胶滴灌管。我刚拔掉它们，隔天早上它们又长出来，就像出自电影《异形奇花》的东西。

"我们得花一个小时，才能拔掉一排辣椒地里的杂草。"一天早上，我向米雪儿抱怨。

"我们可以放羊进来。"她说。

我回头看看后面。的确，潘恩姐妹正在门外大嚼这种刺苋，那是它们最喜欢的500种点心当中的一种。这个事实似乎为米雪儿的基本论点提供了有力的支持。

"我们可以在20分钟内为你清除这些杂草。"它们的咀嚼声告诉我。

"我不太有把握它们可以分辨刺苋和南瓜。"我说。

"对它们来说，整个世界都是早餐，"米雪儿承认，"我有点儿嫉妒它们。我是说，当你听到它们吃树皮的声音，你会以为树皮是什么山珍海味呢。"

这种说法并非夸张。当我把一大捆苜蓿丢入羊栏，娜塔莉真的发出愉快的呻吟声，而我自己对这种东西可没丝毫兴趣。我曾因为好奇，而尝了一口它们所吃的有机苜蓿，而我觉得那滋味很像青椒。

"但是话又说回来，"我说，"它们可没办法看彼得·塞勒斯的电影。"

如果我不是如此忠于有机的标准，也许我们可以避开杂草的问题。事实上，孟山都公司提供了一种经过基因改造的玉米，这种玉米可以抵抗一种杀死菜园其他植物的孟山都毒药。你只需种玉米，并喷洒这种杀草剂，然后领农场津贴。

◆ 有机农业生产的食物，可以绰绰有余地养活全世界目前的人口，而且无须增加所需的农地。

但是事实上，我一点也不抱怨菜园的工作。如果我无法想象农业初期的一名肥沃月湾的农夫和我们一样，碰到了杂草和山羊的难题，我也希望任何古代的农夫都会乐于不去解决问题，就像我和米雪儿那样。玩泥巴让我们回到上幼儿园时那段较无忧无虑的日子。那时候，游戏就是工作，而且你得以非常认真的态度看待游戏。经过30年后，我重新记起一件事：牛仔裤的膝盖部位原本就应该是脏兮兮的。

与此同时，尽管杂草欣欣向荣，但我的新苹果幼苗也几乎立即长出了令人振奋的叶子，而不久，瑞士甜菜就自我的杂货店购物单中删除了，一排排玉米和豆子尤其疯狂地生长着。我开始有一种"也许这也行得通"的感觉。每星期，我的饮食都在降低碳里数。看来，我上超市的日子所剩无几了。

然而，那是在人们记忆里最具破坏性的春末雹暴让我回到起点之前的事。大颗大颗的冰块让每个人的卡车引擎盖上布满凹痕。当时我幸运地到镇上去了，所以没碰上这场雹暴，但是当我赶回家时，河流和小溪的水位已达尼罗河泛滥的水平，我被困了一个多小时。当我们等待着另一场旧约的瘟疫退去时，一场咖啡聚会又围聚起来了。聚会中，威尔·欧格登的太太告诉我："如果你曾有菜园，那现在什么都没了。"

历史学家可曾纳闷，为什么詹姆斯敦（Jamestown）得挣扎求生？那些人可没有合作社和沃尔玛作为后盾。如果《农民历》和当地的说法可靠的话，未来几千年的天气模式就是："先是有史以来最严重的干旱，接着是最严重的水灾，然后是最怪异的雹暴，接着是其他噩梦。"

只有南瓜和几颗豆子毫发无伤地逃过一劫。（豌豆已经紧紧地攀住网状墙，且正在相互握手。无疑地，这种团队合作的策略让它们安然度过雹暴。）我尽快重新栽种了一切作物，但这件事只是我在食物收成方面所遭遇的一连串严重挫败的第一个。

最值得注意的是，怪峰农场接下来的两个新生命，两只你所见过最可爱的绒毛球般的小鸡，还没有度过第一个周末，就被一只在隔壁农场筑巢的红尾鹰攫走了，这让我感到非常沮丧。我是在城市郊区长大的，我从来没想到自己会边追着一只猛禽，边尖叫着："嘿，把小鸡还给我！"上微积分之前的必修课程时，没有人教我们这些东西。

"它只是想喂饱家人。"当我冲去拿枪时，米雪儿提醒我。

几天后，人们记忆中第二严重的春末雹暴如闪电般席卷

16 小鸡有理由担心

新墨西哥州西南部。这一次是发生在我和莎迪跑步时。那就像住在一座高尔夫练球场。事情发生之前,你根本没法料到当你参观社区时,高尔夫球会从天外飞来打你的脑袋。这就是小鸡担心的事。

我们碰上雹暴最狂暴的时候,有一阵子,情况实在吓人,紫色闪电飞弹在我们两边舞动,显然要将我们团团围住。每一次,当近处出现一道灵魂必须得重新适应的闪电时,莎迪就会绕着我的脚疯狂地跑几圈,然后带着困惑的神情朝我抬起头,仿佛是在问:"我们现在该怎么办?"它的毛竖立起来,仿佛遭受了一次雷击,我不禁笑出来。但我后来发现,我的手臂汗毛也是如此。我们确实遇到了一股不稳定的电流。

"祷告。"我劝我的狗,而它对这个概念十分熟悉,因为它的生命中经常出现奇迹,例如来自本地肉贩的牛骨不时会神奇地从冰箱跑出来。哈利路亚!莎迪的现实世界充满了惊人的祷告结果,它知道它不会受伤的。

在离我的峡谷大约两条山脊的地方,我听从自己的劝告,开始和上帝讨价还价。我答应如果这次我们逃过一劫,下次当一个明显的征兆就要出现时,我不会再出去跑步了。近来雹暴常常像是一种预兆。我关掉iPod,免得它吸引闪电,尽管我继续戴着耳机,把它当成局部防雹安全帽。我和瑟吉欧·莱昂①式强风搏斗，缓缓前进，就像某个不幸的英国探险家。因此，在接下来将近两公里半的路程中，我经历了一种奇怪的现象：在一个小时内，我一下体温过高，一下体温过低。这几乎就像旅行——先去了厄瓜多尔，接着立即去到南极。

洪水、冰雹、迟迟未到的承包商。接下来是什么？蝗虫？疔疮？不用说，雹暴在菜园造成了更多损害，几天后到来的那一场也是如此。我开始愤愤不平地抱怨，心想头一遭的农业打击，会让我的整个生活计划脱离正轨。有几天，我原本应该哼哼唱唱，应该感恩，但我却不断地抱怨，不断地咒骂。

---

① 瑟吉欧·莱昂（Sergio Leone），电影《荒野大镖客》的导演。

17

丰 收

在一个湿润且几乎寒冷刺骨的六月清晨，我重新栽种作物，但我边种边发牢骚，而我发牢骚的方式，就和农业史上所有的农夫在对付大自然这个仁慈的骗子时发牢骚的方式一样：带着尊严，除非我是独自一人。我突然觉得，绿色生活涵盖的工作实在太多，而环保分子劳里·大卫（Laurie David）却使这件事看起来再简单不过。任何时候，大约总是有9个未处理好的问题会隐约浮现、停滞逗留、出现，然后重新出现。举例来说，谷仓的门破损了，或者大自然的行为举止和影星林赛·罗韩（Lindsay Lohan）一样。的确，任何一天，当我停滞不前，没有进展，而新的问题又突然冒出时，我别无选择，只能贯彻一种策略：如果事关重大，我会再度留意。

第三场雹暴后,米雪儿察觉我即将发生"内爆",因此建议我们休息一个下午,在夏至这一天拿轮胎内胎到河里玩水。但我向她抱怨:在我能够"拿内胎到河里玩水"之前,我得喂三种哺乳动物和一只鸟;得检查屋子的电池还有多少电;得做一些计算,以确定储水槽有足够的水供早上滴灌用;得吓走任何具有威胁性的红尾鹰或郊狼;得将几加仑的废弃植物油倒入滤桶;也许还得紧急修剪羊蹄。而在做这些事时,我还得提防不被响尾蛇咬一口。不过接下来,只要没有什么东西破裂、出现漏隙,或者爬入宠物窝内,或者爬上我的床(梅莉莎的最新把戏),那么在傍晚喂羊之前,我会有空闲。

当然,除非连续几天乌云密布,否则我平日就是这么忙。但如果真是这样,我就得在下午之前冲澡和洗衣服,使抽水机有足够的时间,在日落之前把储水槽注满,否则隔天早上就没水做早餐了。关于太阳能,有件重要的事就是:你需要太阳提供动力。

◆ 第一个太阳能电池是1954年在贝尔实验室制造出来的。这个电池仍然在发电。太阳能板一般有30年的保固期。

我的生活比住在长岛时更需要……体力劳动。住在长岛时，我最繁重的体力劳动，就是操纵电视遥控器。但是，我、米雪儿和莎迪仍然能偷得浮生半日闲，坐在内胎上顺着河水漂流而下。当我们回到家时，还好世界末日尚未降临。事实上，农场的一切——羊、太阳能电池、供水——都安然无恙。

因此，当我尝试让菜园恢复秩序时，我不再目瞪口呆、惊恐万分地望着天空，像小鸡那样。而且就像一个不请自来的奖赏一样，这一次雨季竟然准时报到，助我一臂之力。两个星期内，菜园又像一座杂草蔓生的伊甸园了。此外，今年谷仓储存了充足的干草，而且是新墨西哥州种的有机干草，足以应付另一次大洪水了。我仍然计划去艾尔·欧特罗·拉多渡口和威尔·欧格登聊聊天。但是今年，我将刻意去参加这样的咖啡聚会。

甚至鸡也恢复正常了，所幸它们的记忆很差。我很难有把握地说，阿加莎还记得它的前男友。到了八月，母鸡又一天生两颗蛋了。

"我是世界之王！我有 8 个女朋友！"我的新公鸡唐纳

德·特朗普①带着家人到一个有凉荫的啄食处时，如此大声夸耀着。

"去掉那一个，还有7个，"隔天红尾鹰来访后，它如此啼叫着，"虽然如此，我还是最酷的公鸡！"

大约就在那时候，杂草再度成为生活中的祸根。小时候，当我因为膝盖擦破皮而哭着回家时，我的祖母（娜塔莉很像她）曾对我说："但愿这是你所遇到最糟糕的事。"的确，如果菜园杂草是你最头痛的问题，那么生命算是相当美好的。

在七月的大部分时间，我和米雪儿刻意不去理会杂草。当我们不在凌晨3点吃布丁时，我们会不断种下新作物，让菜园继续长满杂草。七月底，当我们终于开始整顿菜园，让多刺的草丛变稀疏时，我们发现了被讨厌的"杂草"遮盖和保护的胡萝卜、韭菜和青花椰菜。即使在雨季，新墨西哥州的太阳仍然十分酷热，而我们很精明，偷懒不去除杂草，以此来缓和太阳暴晒的伤害，因而我们的秋收成果丰盛。此外，

---

① 唐纳德·特朗普（Donald Trump），2016年美国大选共和党总统候选人，后当选美国总统，美国房地产大亨。

我们发现刺苋的叶子不只可食,也和菠菜一样营养——我们的杂草是菜园的一部分。

"明年我们要记得严格贯彻不除草政策,"我说,"要等到七月底才开始除草,并整理菜园。"

"我会在日历记下这件事,"米雪儿吃完一口布丁后这样说,"我们可不想太晚才去忽略菜园。"

事实上,我们不知道我们做对了哪一件事。也许那只是新手的好运气,也许那只是因为七月很潮湿。自动滴灌系统虽然天天使用,但耗水量并没有让我们心痛。米雪儿半公开地说,是我们那首雷鬼音乐教父鲍勃·马利(Bob Marley)的歌发挥了功效。在第一株开花的栉瓜像是要开始结果之前的那一天,她曾在菜园蛋形围栏外,对着羊唱这首歌,感谢它们提供的肥料。

那是潘恩姐妹最喜欢的歌,改编自《它们的肚子填饱了》:

◆ 它们的肚子填饱了,但是它们还是很饿,每一只羊都是饿乎乎的羊……

隔天，藤蔓上挂着12个栉瓜。不管丰收的源头是什么，到了八月，即使我是一只兔子，我采收的莴苣也多得让我一年都吃不完了。我将这些莴苣塞入一加仑容量的袋子里，然后放入冰箱。接下来是豌豆；然后，一天早上，一株甜椒树竟然神奇地长出足以炒20次的甜椒。这些甜椒闪闪发亮，就像麦当娜早期所戴的耳环，我喜欢注视它们。米雪儿在这些甜椒里塞入奶油芝士，然后拿去炸。当她将炸甜椒的废油倒入一个梅森食品罐（mason jar），我感谢她为我储存废油。我告诉她："这可以让'罗特'轻松跑20码。"

八月中，我们邀请几位朋友来农场。我们吃了一顿完全由怪峰农场和本地山谷生产的食物做的晚餐。嗯，只有酱油，嗯，好吧，还有蘑菇和啤酒不是来自本地；但我们正努力在本地生产这些东西。

莴苣、番茄、抱子甘蓝、豌豆、瑞士甜菜、青花椰菜、韭菜、胡萝卜、迷迭香、罗勒、苹果、桃子、蛋——那一晚，我们的食物不是自己种植的，就是来自邻居。甚至涂在米布雷斯苹果上的蜂蜜，也是来自邻近的峡谷。而且这个时候，我们仍然在享用这些开胃菜。玉米、豆子和南瓜还有一个月才能收成，但是玉米秆已经长出被玉米须包裹的穗轴。我和米雪儿开始谈论如何建造一间温室，好让我们享用生长在稍微靠近热带地方的柠檬、牛油果和香蕉时，可以不必制造碳里数。

◆ 1 蒲式耳[①]的玉米可以使 400 罐可乐变甜。但是，人体很难处理高果糖的玉米糖浆，许多营养学家都将玉米糖浆视为肥胖的主要因素。蔗糖比玉米糖浆贵。

到了明年春天，如果一切按计划进行，我将成为这座山谷的冰激凌制造者。我的邻居派特买了一只公山羊，她愿意在明年秋天把这只羊借给我 20 分钟。我认为到时候，潘恩姐妹可以在不损害名节的情况下繁殖了。娜塔莉会先生产，我觉得自己就像个拉皮条的，因为我没有让它和公羊先约会一阵子，就将它们配对。但是在山羊的社交圈里，事情就是这样运作的。我也已安排在九月时，去向邻居海瑟（一位仙女般的山羊教母）请教如何挤奶。一旦娜塔莉生产了，以后至

[①] 蒲式耳（bushel），英美制计量单位，在美国，1 蒲式耳约 36.238 升。——编者

少有两年时间，我必须精通此道。我已经为她的后代找到买家。谁不想要娜塔莉生的羊宝宝？

明年夏天，我希望自己成为消费社会的一位真正的生产者。对世界上大部分人而言，这不是什么大不了的事；但是，对我来说，这件事攸关生存。对于一个看《梦幻岛》、吃麦当劳"四分之一磅"汉堡长大的"钥匙儿童"而言，这件事证明了凡事都是可能的，就像一位埃克森美孚石油公司的主管也可能骑自行车去上班一样，而且这只花了我36年时间。

◆ 如果你想为屋子涂油漆，凝固的羊奶是一种很好的底漆。

八月的一个早晨，当我听见在我视线之外的米雪儿说了这段话，我感觉我的减碳努力已经有了显著的成果——"我们得找一位罐头制造商将这些蔬菜做成罐头，尤其是在豆子的采收季。"此时，她正在与头部齐高的成排玉米地里除草。

"尤其是当最严重的水灾再度来袭时。"我说。如果在即将到来的秋天，我们又有43天不能进城，我们会很高兴了解到，山羊不是唯一不会饿死的物种。

夏天结束时，菜园的大丰收让我们不知所措。我是说，一座农场需要多少瑞士甜菜？米雪儿不断试着找出利用过剩豌豆的食谱，但最后，我们似乎总是回到做布丁一途。每天下午，我蹦蹦跳跳地去到菜园采收当晚的沙拉材料，而我很难相信，就在8个星期前，一切似乎泡汤了，鸡和农作物都毁了，我的士气也一蹶不振了。因此，就在菜园里，我为一件事做了一个小小的感恩祷告：在新墨西哥州，即使农作物被摧毁，你仍然有时间重新种植——并且是两次。事实上，你总有时间重来一次，包括生活，包括爱。

◆ 按照主流饮食标准，至少需要约20 000平方米的农地，才能养活一个四口的美国家庭。重要的是，如果美国人只吃素食，所需的农地将大大减少。

现在，我必须做的，就是劈一些冬天用的木柴，并种一些可以在寒冷天气生长的作物。事实上，一个九月的早晨，当我听见远处房子旁传来撞击声，我的手正握着菠菜种子。我环顾四周，等一下，潘恩姐妹在哪儿？一分钟前，它们还在这儿。如果这种最好交际的动物没有每隔几秒就来报到一次,那一定不是一个好征兆。

我冲上山坡,经过谷仓,心里充满恐惧,但最后,我却倒在地上哈哈大笑。梅莉莎真的以娜塔莉的背当作跳板,尝试跳上去吃幸存的玫瑰。无疑地,当我把那湿透的床垫放在那地方晒太阳时,它有许多时间练习这个动作。在头一次的袭击玫瑰花行动中,它撞翻了一张小小的野餐桌(那就是我听到的撞击声)。然后,从我那面无法穿越的新铁丝网围篱的凹痕来判断,它曾使用蛮力。而现在,它选择使用奥运级的体操动作。

"9.5分,"我对此十分佩服,"我根据动作难度为你打分。"

当我驱离羊时,我明白了一件事:我很快乐,比我记忆所及的成年生活的任何时候都要快乐。我在非常真实的绿色生活的努力中,重新发现了童年的喜乐。

在我和天气、承包商荒谬的工作计划表、潘恩姐妹的玫瑰瘾搏斗的过程中,我没明白这件事。但是现在,我确实感受到了:光是靠着尝试过一种少用石油的生活,我就已经赢了。是否会下冰雹,或者玫瑰是否开花并不重要。刺苋以及它的12种表亲是否像杀不死的九头怪蛇(hydra)那样不断地出现在菜园并不重要。我的第一批羊奶冰激凌是否可口也并不重要（好吧，这很重要）。但我的生命已经出现充满希望的转变，而这主要是我决定姑且一试的结果。

当我笨拙地让身子伸过玫瑰围篱，去闻闻最后的玫瑰花，并将我的羊抱出来（很难，它们肥胖的屁股几乎大得推不动了，而羊角已变成真正的武器），我不禁为自己偷笑，让它们远离玫瑰完全徒劳。潘恩姐妹以轻轻咀嚼、反刍食物，以及顽皮的幽默感教导我一件事：我必须耐心地去了解经营农场和培养幸福之道，就像为了参加一次盛大的赛跑，而让自己保持在最佳状态。在这个过程中，我会有进展，会有偷懒的日子，会经历挫败、受伤，以及大跃进。

当我的羊抗议最新一次（当然不是最后一次）的驱离行动，我从它们"嗯吧嗯吧"声中听到了这些信息。"最后，一切都会显得很容易。"或者至少比较容易。

我边亲吻潘恩姐妹，边将它们赶到羊栏惩罚区，并且感谢它们带给我的一课。我明白学习这个教训所付出的代价不会让我感到后悔——我是指差点淹死、洗紫色打底剂澡，以及花400个小时徒然地为玫瑰花围上栅栏。

那一晚稍晚，我在写作时，米雪儿把我叫到外面。她听起来很兴奋,也许她知道她必须大叫,我才能在我那以太阳能为动力的超低音喇叭声中听到她的声音。我抓起猎枪,以为郊狼又来袭了,或者我必须在假想的响尾蛇周围跳一段踢踏舞,但我发现她跪在工作室后面。"看看这些曼陀罗花。"她说。

我看了看那些花,虽然我只是想看看她。她的美是那种真正接触过土地的人才能拥有的美。她散发着户外(甚至室内)的气息。她说:"有些曼陀罗只在一天的某一个时刻开花,以后就永远不再开花了。"

我弯身去闻一种曾经被我视为杂草的爬藤植物。如米雪儿所说,那是被颜色如同白色薰衣草的圆锥形花朵所攫住的"月亮之芳香",而花朵的形状很像留声机的喇叭形扬声器。当我带着沾染花粉的鼻子回到屋内时,我认为自己很幸运,因为我不像那朵曼陀罗只有一次机会,我有很多机会。我花了好长一段时间才到达这个境界。过去一年,我犯了许多错,如果我的生活是一场篮球赛,我恐怕早已因为犯规次数过多,被罚下场。

过着使用当地产品的绿色生活不是一件永不妥协的事。每一天,我都有另一个机会去做出好的选择,去追求健康、独立和永续性的生活。我第一年的努力只是一个起步。

我将坚持下去，不管绿色时尚是否消退，或者汽油价格是否再度下跌，而我这样做不只为了地球，也为了我自己。当雨季又带来倾盆大雨，我明白这一次，我和一个我所爱的人，在一个已经成为家的地方一起面对洪水。我的邻居珊蒂说得对，我的工作是一种需得两人配合的工作，但这并不是因为有了两个人，农场工作就变得更轻松，而是因为两个人使得生活变得更加愉快，并且让"家"这个重要的概念有了深度。这也使我有了某种可以掌控和管理的东西，某种我确实想努力培育给下一代的东西。而我认为，这是我所能做的最伟大的事。

◆ 怪峰农场第一批有机、低碳里数羊奶冰激凌正式出炉，而且已被主人喂到肚子里啦。你可以在下面这个网站找到冰激凌食谱和妙趣横生的具体细节：http://www.farewellmysubaru.com。

后 记
打造一个永续的未来

虽然我第一年降低石油用量的尝试是一种极其个人化的经历，但是和大多数不是活在孤立、封闭状态中的人一样，我了解气候变化是一种全球性的危机。我怎么会不明白？在农场，几乎每一日，我的电脑屏幕总会出现一条骇人听闻的头条新闻：爱斯基摩人的岛被海水冲走了，或者南极企鹅渐渐消失了。我在新墨西哥州碰到了当地有史以来最热的一年。光是使用电子设备，我就不免觉得自己是问题的一部分。全世界所排放的二氧化碳中，有25%来自美国的工厂、人民和乳牛，虽然按照目前的情形来看，到2048年，中国和印度的碳排量将超越美国。

每1 000个美国人就有1 148辆车，而每1 000个中国人只有9辆车，但是，中国每年的经济增长率是11%，新增的汽车司机们将加入争夺固定石油量的行列。近日，美国的小客车耗掉了全世界化石燃料用量的10%。

为了回应这种情况，整个出版界以骇人的细节预测了一个没有人类（至少没有我们所知之社会）的不久之未来。举例来说，詹姆士·霍华德·康斯勒（James Howard Kunstler）在《漫长的紧急事件》（*The Long Emergency*）中写的一段话，足足让我一星期睡不着觉："全国连锁商店将关闭，超市将不再运作，没有一套提供日常生活用品的惯常大规模系统会如往常般继续运作。"

我想我从这些"启示录"般的书里得到的信息是——倒不如及时行乐吧。什么都不重要，我们都被骗了，去偷别人的法拉利吧！

但我是一个顽固的乐观主义者，而我决定在此前提下采取行动——末日预言者错了。到目前为止，他们都错了，在Y2K（千年虫）和千禧年之类的事情上，他们都错了，尽管我的确非常非常害怕。这部分原因是新闻记者的确就如别人所批评的那样——往往急欲突显重大的问题，却迟迟未提供解决问题的办法，就像那些唠唠叨叨的学校营养午餐的助手那样。你可以指出格陵兰冰原的消融将使伦敦和纽约消失，并借此吓吓别人,但是,我们可以做些什么让巨大的冰块继续漂浮在北大西洋?我想这需要全世界的共同努力,光靠一个装设太阳能板的家伙无法扭转气候的变化。

在我尝试在怪峰农场过绿色生活一年后,我得到以下五个重要的结论:

1. 把选票投给具有永续观念的候选人

换句话说,让减碳成为投票的优先考虑事项。我没有加入任何政党,在内心深处,我坚守"愤怒的年轻人"的信念——两党制不比一党制好多少。(我相信,看一眼游说客的捐献名单,就可以证实这一点。)因此,我是一个正式的无党派人士。但是过去七年的经验显示,我们有一段时间来改变制度,也有一段时间来确定,我们要将那些造成世界上大多数环境问题的腐败白痴,踢出各州的首府和国家首都。我想象将布什总统的首席政治顾问卡尔·罗夫的永久性"共和党多数派"计划颠倒过来。我希望看到一个由"投票给具有永续观念者"组成的永久多数派。

这不表示我支持永远投票给民主党人,尽管在2006年以多数派地位掌控美国国会两院的民主党的确有一个好起步。民主党掌控国会后,众议院最先做的事情之一,就是通过一项法案，取消不具永续性（且赚大钱）的石油公司荒谬的数十亿美元税额优惠，并将奖励转移给具有永续性的科技，例如风力和太阳能发电。如果"大老党"（GOP，即共和党）仍旧控制国会，这种事是无法想象的。一般而言，"大老党"和大石油公司及其相关企业走得比较近。的确，参议院并没有通过扩大太阳能抵减税额的法案；但是使这项法案未能通过的，是那些威胁阻挠议事的共和党参议员。

然而，我仍然建议不要盲目投票给政党。一些"铁锈地带"①的民主党员之所以反对增加燃料效率（fuel-efficiency），是因为担心惹恼了咄咄逼人的三大"罗特"制造厂②。更加刺激我的是，某杂志将我放在"进步派"的邮寄名单中，结果我收到一大堆必须砍掉一座中型雨林才能印制出来的"投票给希拉里"的垃圾邮件。因此，我建议你找出哪一位本地候选人（不管是市议员还是众议员的参选人）是认真看待永续性的；可以直接去问那些候选人：你打算采取什么措施，来使美国或我们的城市或郊区达到"碳中和"的目标？

---

① 铁锈地带（the rust belt），也被称为制造带，是一个位于美国东北部等地区的地带，也即位于五大湖及俄亥俄河四周的工业中心区域。
② 指福特、通用和克莱斯勒三大汽车集团。

如果我们的朋友仍然被旧式政客那些引发恐惧的辞令所欺骗，我认为向他们解释这件事的最好办法，就是说明"减碳"是建造更强大的美国的一个途径。除非你爱你的悍马汽车如同爱你的孩子，否则当你尝试减碳时，你并不是非得做出牺牲不可。迈克·塞伦伯格（Michael Shellenberger）和泰德·诺德浩斯（Ted Nordhous）在《环保主义之死》（*The Death of Environmentalism*）这篇文章中提到："当我们谈到因为加速转移到一种干净能源经济而创造出来的数百万个工作岗位时……我们让环保运动脱离了'启示录'般的地球暖化的故事模式，后者往往会在打算支持环保运动的人当中制造无助和孤立感。"换句话说，如果我们的成功模式具有永续性，我们只会继续成为一个以消费者为基础、喜爱私人企业的社会。减碳是一种爱国行为。

2. 每天思考你的饮食中累积（或避开）多少碳里数

我们 30% 的碳排量来自食物的选择。被安置在明尼阿波利斯市的苗族难民证明了一件事：联邦住宅区的人行道缝隙可以开拓成菜园。如果身无分文的山地民族可以在异乡变成吃当地食物的人，我们当然也可以在自己所熟悉的地方达成这个目标。不论在何处，这种做法都是可行的。在阿拉斯加，一个特林吉特（Tlingit）印第安人长老曾告诉我，尽管天气很冷，如果你想在海洋食物充沛的亚北极区（Sub-Arctic）生态系统中饿死，"你就得非常、非常懒惰"。纽约布鲁克林，甚至有一个家伙在屋顶养鸡。

如果有些人因为过于忙碌，只能辟出一小片菜园，那我们也可以要求本地市场供应的食物不仅是有机的（因为大部分的杀虫剂和肥料都来自石油），也必须是当地生产的。这样做会让智利的苹果留在智利。也许我们会发现，我们只能吃时令食物（在北半球，苹果是一种秋季成熟的水果），但我们也会发现，每一季都有它丰收的作物。

至于如何处理每一种食物的困境，每个地区都有自己的选择。最近我发现，我不需使用来自热带地区的蔗糖来使我的酸奶变甜。沙漠的龙舌兰糖浆是本地出产的美味天然甜味剂。同样的，新英格兰人可以使用枫糖浆。芭芭拉·金索夫（Barbara Kingsolver）在《动物，植物，奇迹》（*Animal, Vegetable, Miracle*）这本书中提到，如果每一个美国人每周有7餐吃当地生产的食物，那么每周美国就会少用110万桶石油。除了炼油业者和运输公司外，这样做不会伤害任何人——或许也会伤害智利的某个果园公司，以及少数心脏病专家。

3. **使用化石燃料以外的燃料开车，如此将有助于创造可行的生物燃料市场**

除了拼车和每周骑一两次自行车这些明显且合法的社会改良家使用的方法，在过去一年，撇开我在本书所描写的宫保鸡丁学习速率不谈，我明白以替代能源开车其实十分简单：只要别人塞住鼻子，没有人会知道我将柴油或无铅汽油以外的燃料，注入我那辆超大型美国卡车。我的植物油技师凯文·弗瑞斯特说，你得花4至6个月，才能以较低的燃料费收回植物油改装的成本。

不过，生物燃料并非万灵丹，使用这种燃料的科学研究仍然处于起步阶段，但我不会相信那种抵制生物燃料的宣传。这种宣传往往试图让我们相信一件事：相较于石油产品，所有的生物燃料都缺乏真正的效益。我一定得相信收集废油比使用无铅汽油好，而柳枝稷、葡萄籽及芦荟似乎都有可能变成燃料。事实上，我猜想某种新的植物燃料将会出现，并将成为恒久的赢家。

4. **反对社区漫无计划的发展**

当然了，在忙碌的世界，寄支票给尝试解救中国熊猫的大机构，是一种比较简单的安抚良心的方法，但是我们的社区之所以会漫无计划地发展，就是因为大多数人不去关注自己后院的福祉。大多数人叫不出本郡官员的名字，但开发商叫得出。采访地方政府时，我一再地看到这种情形：可憎的新住宅区的出现让休憩用地消失了，而每个人都在喃喃抱怨，并纳闷事情是如何发生的。我们必须得参加会议，要求箱形商店不要进驻，要求开发商使用可持续性的建筑材料和供水技术。

我们必须为自己的后院负责。如果你相信《圣经》，《以西结书》曾大声疾呼："你们喝清水，剩下的水你们竟用蹄搅浑了。"① 我们可以坚持一件事：社区所有的商业及住宅建筑，都必须具备法律认可的绿色证书，就像我们充满希望地要求市场必须供应当地生产的且有最低零售价规定的食物。我不知道为什么对某些人而言，这件事听起来如此极端。在这方面，欧洲领先美国10年。荷兰的火车以植物油为动力，所有的西班牙新建筑都必须符合太阳能节能标准。至于供水效率，以色列在沙漠中仍然欣欣向荣。

当新闻媒体不再将新屋的销售报道成美国经济的主要部

---

① 出自《以西结书》34章18节。

分,我们就知道,我们可以控制漫无计划的开发了。经济学家必须建立一个新的类别来追踪经济增长,也许这个类别可以是翻新的中古屋(或商业建筑)的销售——这些建筑是为那些不要求汽车作为必要配备的社区设计出来的。也许这个类别可以称为绿色房屋的销售。

5. 留意最新减碳科技

在数字时代,世界进步得极快,以致我们无法倚赖固定的解决办法。凯文·弗瑞斯特指出,在氢电池(hydrogen cell)或某种新能源科技变得可行之前,我的"碳中和"卡车只是一种暂时性的解决办法。如果我们听到一种合法的、新的绿色发展资讯(例如最近在新墨西哥州上空连续飞了54个小时的太阳能动力飞机),我们可以把这个讯息以电子邮件发给100个朋友。如此,我们就可以创造市场需求。

关于气候变化预测,也许救世主不是克林顿,而是前副总统高尔。不过在他最新的著作《给予》(*Giving*)里,克林顿相信,企业界聪明的商业决定,以及公民明智而友善的行为,不仅可以解决世界的贫穷问题,也可以解决世界的生态问题。他写道:"只要一般民众改变购买习惯,增加的需求就会使得……企业追随他们的脚步。"

的确,加拿大魁北克的艾奇帖尔(Equiterre)组织建立在一个前提下:我们的荷包是最大的行动主义者(http://wwwequiterre.org)。而且我相信,企业总裁已经在留意了。也许他们会等到一种低碳产品或行为有利可图时,才会采取行动,但是让这种情况发生的,是你和我。大型电脑正在一旁计算我们消费的钱。

所以,去买标榜环保的"第七代"(the Seventh Generation)卫生纸,以及不会伤害地球的洗碗肥皂。我喜欢美国原住民神话里的一个主题:"为接下来的七代人着想",而我尝试将这种主题(以及一些印度教冥思和佛教世界观)融入我的犹太教信仰当中。如果有人干劲十足地提出一个崇高观念,我总是很感激,即使这个观念带着些许消费者的虚伪。这样做总胜过为发动战争而说谎,好让副总统的公司发财。

关于打造一个永续性的未来,如果我们想要发挥最大影响力,我们不只要购买"绿色产品",也要积极去了解一件事——减碳可以也应该融入我们生活的每一个层面。这不只是关乎石油价格和有机产品而已。当我们付垃圾账单时，我们可以针对垃圾何处去表达看法（我们可以打电话给本地的镇代表或郡代表，并参加垃圾管理委员会全体会议。迪克·格普哈特曾说，美国不是一个代议制的民主国家，而是参与者的代议制民主国家）。

我们当然有权问："一切东西都可以回收利用吗？""垃圾掩埋场的沼气被收集作为动力了吗？"付钱给公共卫生承包商的是我们。公共污水处理服务的情况也是如此：今日我们有充足的技术让都市的废物在离开处理厂时，变成饮用水和堆肥。然而几十年来的老旧技术，却经常将未经处理或差不多未经处理的废物倒入河流和海洋。除了惰性，我们没有理由这样做。

我们也必须想想，电网的电来自何处。我们可以打电话给电力公司。当我们花一小时费力地听语音系统，等候有人来接听时，我们可以欣赏电话中播放的音乐；等到终于有人接听时，我们可以查明住家地区的发电厂是以煤、核能或天然气为动力（我家所在的地区使用这一切动力）。我们也可以问问电力公司，是否有换用更加干净的动力的选择计划。有些电力公司已经选择用可持续的动力发电，例如风力或太阳能。这些公共事业公司给我们一个选择：我们付更多钱，以抵消他们为了不让我们丧命而付出的代价。如果电力公司不打算绿化，我们就不必继续当它们的顾客。我们可以自己使用风力或太阳能为我们的家提供电力。对于住在都市公寓的人而言，这不是一件容易的事，但是他们仍然可以游说国会议员改变公共事业规则，或者说服公寓大楼的负责人让整栋建筑物太阳能化。相信我，这是一种投资，但这样做会大大减少你的化石燃料的使用量，况且如果电力公司的电网出了问题，你将不受影响。就如太阳能大师赫比所说的，一旦你买了太阳能设备，"太阳是免费的"。虽然你不会相信这句话，就像你不相信媒体大亨默克多如传言所说会去购物那样。

废物和电是我们生活隐秘的下层结构中的一部分，而我们一度将这些东西视为理所当然。在生活的各个层面，我们都必须训练自己能迅速觉察到我们对地球造成的影响。例如当我们将家庭电力转换成太阳能电力，而太阳能板的包装没有加以回收利用时，我们就可以抗议。这是用我们的钱买的，如果我们希望这些东西被回收利用，这些东西就应该如此。我们可以问牙医，他们使用的牙釉质来自何处。我们可以要求银行使用乙烯以外的其他更好的材料来做支票簿的封面。我们可以要求百货公司的景观美化必须选择当地材料，且必须具有可持续性。在这些事上，我们可以，也应该成为爱发牢骚的讨厌鬼，直到减碳的心态和肯尼·基的萨克斯独奏一样成为主流。此外，我们也务必让朋友在乎这些事，并投票给支持减碳的候选人。

最终我们将发现，在日常生活的每一个层面，我们都要过上永续性的生活，并思考我们的碳足迹：打印机的纸、装饰材料、孩子的自助午餐——这些都是有机的吗？都是当地生产的吗？我认为我们应该有宏观的思维。什么？为什么我们的战斗机不能使用太阳能？为什么州政府或地方政府不能将联邦公路基金拿来重建破旧或根本不存在的公共运输系统？我将这件事视为一种新的民权运动，社会的每一个角落都必须致力降低碳排量，都必须全面反对无计划开发，并支持永续性。这就像今日，在道德规范和法规约束下，每一项商业决定都不能牵扯到种族偏见。但永续发展的社会普及度，在 2008 年，仍和吉姆·克劳^①时代一样。

不少被洗脑的人仍然认为，环保分子正在伤害经济，就像有些人说，种族融合会伤害美国文化一样。有一群重要人士直至现在才明白：永续性的生活是社会得以存活的唯一途径。我喜欢想象自己在 40 年后回顾，而那时候的欧普拉总统（或者如果你喜欢的话，摇滚小子总统或纳金特总统也无妨）会谦卑地回想起，以前我们太短视，污染了大气层，以致我们几乎再也无法生活其中。我希望，这样的想法只是个笑话。

我们可以一起采取这 5 个步骤，或者一次采取一个步骤。我必须承认，对我而言，甚至这些建议中的第一项（投票给支持减碳的候选人）都是一件难事。我在这里鼓吹永续发展，而我的州议员对新墨西哥州庞大生态系统内的掠食者和猎物的平衡都没有基本的了解（他想歼灭所有的狼）。虽然我抗拒在我的州搞密室阴谋的冲动，但我要让我自己以及想法相同

---

① 1830 年代早期，一名名叫托马斯·达特茅斯·赖斯的白人从事剧场演出，有一出戏令他"名扬天下"：他把脸涂黑，载歌载舞，声称这些表演灵感来自他见过的一名奴隶，这出戏即《跳吧，吉姆·克劳》。由此，在美国，"吉姆·克劳"逐渐变成了对非裔美国人的简称。——编者

的社区成员提高觉察力，让这个19世纪的小丑滚出他的办公室，并以某个比8岁小孩更聪明的人取而代之。

事实上，这一点形成了涵盖前5项建议的第6项建议。我认为这是所有建议中最重要的一项：我们应该，而且必须让下一代明白，如何在这个混乱、复杂的世界过一种永续性生活。在日常生活中，我们必须让孩子们明白，所有的生活基本元素很快就会改变（但愿是变得更好）。一切的教育都应该让孩子明白我们的食物、衣物、水、交通运输系统和燃料来自何处。最好的情况是，我们可以让孩子们不再玩电动玩具，并教导他们如何在没有化石燃料或剥削榨取的情况下，供应上述东西。对于许多人而言，这将意味着和傲慢的年轻人一起学习，而这就是谷歌的目的。

打造永续性社会所面临的障碍似乎令人生畏。我们这个庞大的国家正经历最腐败、最充满暴力的时期（有一天，2000年和2004年的美国选举骗局将显示，美国的代议制民主政治在其最先的300年是多么原始）。然而，就和物理学一样，在社会上，混乱之后常常跟随着正面的变革。

我亲眼看到我所列出的6项建议如何在地方性的真实世界中发挥实际功效。在我的社区，有全职工作的银市市民已经组成了一个山羊合作社，此地的12个家庭在此和别人分享羊奶，因而大大减少了供应本地出产的健康、无碳之蛋白质所需的时间。而这是一个人口众多、持续成长的城市。

几年前，离我家更近、住在我那座乡间山谷的本地苹果农差一点无法继续种植苹果，因为连锁超市只买单一作物生产者的产品。根据我那位果农邻居戴维·梅内德斯的说法，这些生产者保证"你绝对看不到一条虫或一个褐色斑点"。一位住在山谷的朋友协助创立了本地的农夫市集和丰收节。在这里，我尝到了我所尝过最可口的苹果。而我提到的山谷合作社，更使我们不必每次需要一根胡萝卜就得来回开80公里的车，到镇上去买。这个市场（在郊狼许可的情况下）供应来自我农场的蛋、本地蔬菜，以及以永续方式饲养的有机山谷牛肉。这些机构就是我可以好几天不发动卡车的真正原因：由于我生活在一种有机社区经济里，我不一定得发动引擎才能过上舒服的现代生活。

我们都过着忙碌的生活，因此我不认为我们必须立即做出这些改变，才能成为减碳的好公民。我们不必亲自栽种和饲养食物，才能吃到本地出产的食物，也不必自己动手做家具，才算使用本地产品。在箱形商店出现之前的原住民社会中，早就存在着分工的先例。我记得阿拉斯加沿海一个做独木舟的特林吉特印第安人告诉我的话。所有那些我不熟知的原住民技能都令我赞叹，但那时我不知道，如果没有联邦快递和泰国外卖食物，我要如何活下去。

"你要知道，你总是可以交易的，"他说，"我们做独木舟，而北边的人生产鱼油。不是每一个人都必须精通一切技能。"这门充满生气的、未受西方影响的分工经济学，让我感到震惊和兴奋。就因为如此，我才能心平气和地看待一个事实：我无法亲自去做永续生活所需的一切工作，但是我可以尝试在住家附近买大多数必需品。我希望尽可能让更多中国工厂民工回到乡下。在那本经常充满末日论调的《漫长的紧急事件》中，康斯特勒写道："生活……将具有强烈的地方性，而成功或失败取决于每一个社区的品质。"

即使科学家和末日论作者认为我们不会成功，但我仍相信万物息息相关，因此到头来，我为减少石油用量所做的努力，又变成个人的事。这不只关乎我的碳足迹。如果我采取一些行动，而且我感觉对于地球和社区而言，这些行动是正面的，那么我就是为自己采取正面行动。

在摆脱电网的第一年,我所学到的5件事

1. 在用太阳能发电的生活中,电池是一个又大又丑陋的漏洞。 农场为我储存太阳能的12个和高尔夫车一样大的电池,不只非常沉重(一个往往重达32公斤),也是一种环境上的噩梦。我们的城市充满矛盾,这种电池里的铅,就是污染加拿大许多土地的元凶。在我装设太阳能期间,每一次,当我拖着一个电池到我那位于洗衣房后面会漏水的动力中心,我的椎间盘就会突出,而我的手会沾有一层刚好赶上午餐时间的可口硫酸粉。嗯,美味的食物!此外,这些电池顶多只能维持10年。10年后,它们就会变成垃圾掩埋的问题。

强尼·维斯(Johnny Weiss)是国际太阳能公司(Solar Energy International)——一个教育性的非营利公司(www.solarenergy.org)——的共同创办人和首席执行官。他让我不必屏息期待进展,"大多数情况下,制造太空时代的太阳能板时我们所使用的电池技术,和爱迪生使用的电池技术是一样的"。目前一家设立在奥斯丁的公司EEStor正引起大众关注,因为它生产了一种据称是革命性的超级

电池，而它的资金来自一些赫赫有名的风险资本家。但是，让我们走着瞧吧，替代能源的世界有许多技术可以制造"下一个最伟大的东西"。这些技术似乎不会进入我的太阳能用品目录中，至少目前还不会。

2. 最近，太阳能零件的价格一年大约上涨10%，这是因为提倡节能的欧洲的大量需求，也因为世界上用来制造太阳能板的硅的供应十分有限。我买了4片太阳能板，希望借此弃用电网。接下来，我花了一年时间购买必要零件，并催促本地的承包商。当我和我的太阳能电气技师会面，我才明白我还需要4片同样是160瓦的太阳能板，而这4片太阳能板的每一片都比先前那4片贵100美元。我怪罪俄罗斯总统普京——因为他威胁关掉俄罗斯天然气阀门，把欧洲吓得半死，以致欧洲的许多足球流氓都变成了环保分子。

3. 有时候，拥有一个"连锁电网"（grid inter-tie，即将太阳能和风力发电装置连接到能源公司的电力线路上）可能比完全移除电网更有效益。在美国许多州，公共事业公司必须买回你以家庭太阳能板或风力发电机制造的过剩能源。你不但不会收到电费单,还会收到一张电力支票。

4. 在离家很远的地方储存替代燃料。最近,一群全身布满植物油的狗把我从睡梦中叫醒,因为米雪儿的两只猎狗和莎迪(现在在怪峰农场组成了一个快乐家庭)就在我储存前一天自"姐妹餐厅"收集而来的一批废油的地方,发生了格斗。有几个星期,这些狗让屋子弥漫着一股发霉的番茄芝士通心粉的气味,而且至少在这段时间内,它们一直披着油亮亮的皮毛。因此我了解到,如果你想收集废油,你就得挪出一个空间作为加油站。希望在农场像火绒匣般熊熊燃烧之前,那层此刻围绕着我的房子的易燃油会挥发掉。

5. 你无法训练一只山羊坐下、待在原地或打滚,虽然如果你持续训练它,可以让它以瑞士约德尔调(yodel)唱出《它们的肚子填饱了》的第一句歌词。

参考资料

·www.farewellmysubaru.com——我的冒险之旅并没有止于本书。想留意怪峰农场的近况，并且讨论本书提出的问题，可以关注此网站。

·www.abqaltenergies.com——阿尔布开克替代能源公司的网站。

·www.solar-nation.org——一个替代能源政治激进派组织。

·www.solarenergy.org——国际太阳能公司，一个举办风力和太阳能研讨会的教育非营利公司。

·www.localharvest.org/csa——在这个网站，你可以找到美国大陆任何一地的"社区支持农业"（CSA）的资料。它是一种合作企业，在这里，你（产品食用者）只要协助负担一座本地农场的经营费用，就会有人定期为你送来本地的时令水果和蔬菜。

- www.cspinet.org——公共利益科学中心，一个有关健康、食品和消费者安全的科学组织。这个组织会告诉你，你的辣椒肉馅玉米饼里有多少饱和脂肪。
- www.vegoil.us——国家植物油委员会，一个非营利机构，一个致力以油脂为燃料的教育、推广团体。
- www.treehuger.com——一个致力以主流的永续方式开车的新闻媒体网站。
- www.foe.org/globalbiofuelsdatabase——一个关注各种生物燃料对生态之影响的环保团体资料库。
- www.dripworks.com——一个销售高效滴灌系统的公司。
- www.campaignearth.org——这个网站提供你每月所能采取的减碳措施。
- www.grist.org——从绿色政治到绿色幽默，乃至绿色的求职布告板。从这儿出来后，你会看上去像青蛙科米（Kermit the Frog）。
- www.off-grid.net——在这个网站上，你可以发现有关脱离电网后会遭遇的所有事物的网文，它们有趣且有实用价值。

• www.fillup4free.com——在克里夫兰市，需要加满一油箱的植物油吗？或许你会想来这里瞧一瞧。

• www.concusmerenergycenter.org/cgi-bin/eligible_pvmodules.cgi——加利福尼亚对市面上出售的太阳能板的工作效能进行评级，在这里，你可以找到合适的太阳能板。

• www.dsireusa.org——列出各个州太阳能税激励措施的网站。

• www.energytaxincentives.org——一个追踪联邦税务补贴会议报告最新进展的网站。

• www.envirotech.blogspot.com——为每个关心绿色出行的人提供强大信息资源的网站，从哪种鱼类被过度捕捞到世界二氧化碳的最新排放情况，信息无所不包。